रस्किन बॉन्ड

1934 में कसौली, हिमाचल प्रदेश में जन्मे रस्किन बॉन्ड भारत के जाने-माने लेखक हैं। उनका बचपन जामनगर, देहरादून और शिमला में बीता। अब तक उन्होंने सौ से अधिक कहानियाँ, निबन्ध, उपन्यास और तीस से अधिक पुस्तकें बच्चों के लिए लिखी हैं। उनकी पुस्तकों में जहाँ एक ओर बचपन का अल्हड़पन, शरारत और मासूमियत झलकती है वहीं दूसरी ओर हिमालय के प्राकृतिक सौंदर्य से परिपूर्ण वादियों की तस्वीर देखने को मिलती है। रस्किन बॉन्ड मसूरी में रहते हैं और अपना समय लिखने-पढ़ने में व्यतीत करते हैं।

1993 में उन्हें साहित्य अकादमी पुरस्कार, 1999 में पद्मश्री तथा 2014 में पद्म भूषण सम्मान से अलंकृत किया गया।

दिल्ली अब दूर नहीं

रस्किन बॉन्ड

राजपाल

स्थापित 1912
100 वर्षों की
श्रेष्ठ प्रकाशन परम्परा
राजपाल

₹ 215

ISBN : 9789350642580

पहला संस्करण : 2014, पाँचवाँ संस्करण : 2024

DILLI AB DOOR NAHIN (Novel) by Ruskin Bond
(Hindi edition of *Delhi Is Not Far*
published by Penguin Books India)

मुद्रक : जी. एस. ऑफसेट, दिल्ली

राजपाल एण्ड सन्ज़

1590, मदरसा रोड, कश्मीरी गेट, दिल्ली-110006
फोन : 011-23869812, 23865483, 23867791
website : www.rajpalpublishing.com
e-mail : sales@rajpalpublishing.com
www.facebook.com/rajpalandsons

भूमिका

1960 के बाद जब मैं देहरादून छोड़ कर नयी दिल्ली गया था, तब मैंने यह लघु उपन्यास लिखा था। मैंने सोचा था कि राजधानी में मुझे शोहरत मिलेगी, मेरी किस्मत खुलेगी! मगर ऐसा कुछ भी नहीं हुआ। इसलिए 1965 के आस-पास मैंने पहाड़ों का रुख़ किया, जहाँ कम से कम मुझे खुली जगह और तसल्ली तो मिली। तब से अब तक इस कहानी में कई बार कुछ हद तक बदलाव हुए, और एक बार तो यह कट-छंट कर एक लघुकथा जितनी छोटी रह गयी थी। मोटे तौर पर यह फिर अपने मूल रूप में तब आयी जब इसे पेंगुइन ने *देहली इज़ नॉट फार : द बेस्ट ऑफ़ रस्किन बॉन्ड* शीर्षक से प्रकाशित किया। अब फिर थोड़े से बदलाव के साथ यह नये रूप में प्रस्तुत है।

बिना किसी कसे हुए कथानक वाली इस कहानी का क्या आज कोई औचित्य है? मुझे तो लगता है कि है। क्योंकि पीपलनगर जैसे छोटे शहर आज भी हैं, जिनका रूप नहीं के बराबर बदला है, और उनके बाशिंदों की ज़िन्दगी अब भी पहले जैसे ढर्रे पर चल रही है—यानी रोज़ी—रोज़गार की जद्दोजहद, बेहतर ज़िन्दगी की तलाश और यह सोच कि प्यार और दोस्ती एक बार हो जाएँ तो कभी ख़त्म नहीं होते।

उत्तर भारत में जगह-जगह और देश के दूसरे हिस्सों में छोटे शहर हैं, बड़े शहर हैं, कुछ ज़्यादा ही बड़े हो चुके गाँव हैं जहाँ कुंठित युवा पुरुष और

महिलाएँ बेहतर ज़िन्दगी की आस लगाए रहते हैं, चाहे वह हमारे शहरों में हो या कि विदेशी धरती पर। लेकिन महत्त्वाकांक्षाओं के असीमित संसार में क़दम रखना बहुत कम लोगों को नसीब होता है, और वहाँ पहुँच कर भी, उन्हें जिसकी चाहत है वही मिल जाये, यह ज़रूरी नहीं। 'हाई-टेक' भारत में भी सम्भावनाएँ सीमित हैं। हमें सूचना प्रोद्योगिकी क्षेत्र में अचानक मची धूम के बारे में बहुत कुछ सुनने को मिलता है, लेकिन इसका असर अब तक छोटे शहरों तक नहीं पहुँचा है जहाँ स्कूल और कॉलेज से निकलने वाले हज़ारों बच्चों और युवाओं को मालूम नहीं होता कि आगे कहाँ जाएँ और क्या करें। कभी-कभी डिग्री होने के बावजूद बेकार होने के मुक़ाबले दीप चन्द जैसा नाई या पीताम्बर जैसा रिक्शेवाला होना बेहतर होता है। पिछले साल करीब एक हज़ार हाई-स्कूल पास लड़कों ने एक स्थानीय कॉलेज में चपरासी की नौकरी के लिए आवेदन किया। नौकरी न मिलने से निराश एक लड़के से मैंने पूछा कि वह अब क्या करेगा, तो उसने कहा—'चाय की दुकान खोलूँगा।' अब पीपलनगर जैसे छोटे शहरों में भी सैकड़ों चाय की दुकानें हैं।

बिना कोई नौकरी या स्थाई काम के लेखन की दुनिया में पाँव जमाने की कोशिश में लगे अरुण जैसे संघर्षशील लेखकों के लिए आज ज़्यादा सम्भावनाएँ बन गयी हैं। टेलिविज़न धारावाहिकों की पटकथा लिखने में अपनी आत्मा को उतना नहीं मारना पड़ता जितना कि इम्तिहान की तैयारी करने वाले छात्रों को लिए प्रश्नोत्तर तैयार करने या भौंडे सनसनीख़ेज़ उपन्यास लिखने में। अगर 1990 के दशक में प्रकाशन जगत में ज्वार न आया होता तो इस कहानी समेत मेरी ही कई कहानियाँ कहीं भूली—बिसरी पड़ी होतीं या फिर किसी सम्पादक की फ़ाइलों में दफ़न होतीं।

पीपलनगर आपको नक्शे में नहीं मिलेगा। वह तो रुड़की, शामली, मेरठ, सहारनपुर, छुटमलपुर जैसे छोटे शहरों...जिनकी सूची अन्तहीन है, उनका एक मिलाजुला रूप है जहाँ मैं कभी गया या कभी रहा।

ये शहर अब बड़े हो गये हैं, इनमें भीड़-भाड़ बढ़ गयी है, खिचपिच हो गयी है, लेकिन अब भी सरसरी तौर पर इनमें कोई कशिश नहीं नज़र आती, बल्कि यह नीरस से लगते हैं। लेकिन प्रेम रस कहीं से भी फूट पड़ता है। मेरा

सूरज, मेरी कमला अब भी हैं, और अपने सिकुड़े हुए दायरों से बाहर निकलने की कोशिश में लगे हैं।

इतने लम्बे समय बाद ऐसा लगता है कि वह पुराने प्यार के रिश्ते और दोस्ती के नाते पल-भर में बिखर जाने के लिए ही होते हैं। जिनके आधार पर ये किरदार सामने आये थे, वे लोग अगर अब भी होंगे, तो अब क्या कर रहे होंगे, यह सोचते-सोचते मैं उन्हीं दिनों की यादों में खो जाता हूँ। हमारी ज़िन्दग़ी आगे बढ़ जाती है, ज़िन्दग़ी में नये लोगों से दिल लग जाता है। हम बूढ़े हो जाते हैं। लेकिन कभी-कभी पुरानी दोस्ती के फिर से जी उठने के लिए हम तरसते रहते हैं। कभी-कभी मैं सोचता हूँ कि काश बचपन और जवानी के दिन फिर से लौट आयें। या फिर मैं बीते हुए दौर में लौट कर बिखरे हुए मोतियों को फिर से पिरो सकूँ। मैं इतने लम्बे समय तक आप लोगों से दूर रहा, दोस्तों और हमारे बीच पहले जैसा प्यार न रहा हो, लेकिन उन दिनों के लिए मेरी चाहत कभी कम नहीं होगी जब मैं तुम्हारे प्यार में डूबा हुआ था।

–रस्किन बॉन्ड

1

मेरे घर का छज्जा मेरे लिए उस खिड़की जैसा है जहां से मैं दुनिया देख सकता हूं। मुझे कमरे से ज़्यादा अच्छा लगता है।

कमरे में एक ही खिड़की है, जो कि दीवार में एक चौकोर जगह है जिसमें तीन लोहे की सरियां लगी हैं। उसमें से ज़्यादा कुछ नहीं दिखाई देता। उसमें से मैं मकान के ओर-छोर तक देख सकता हूं। अगर मैं पंजों पर खड़ा होकर आगे को झुक जाऊं तो नीचे संकरा सा आंगन दिखाई देता है जिसमें बच्चे—हर वर्ग के लोगों के बच्चे साथ में खेलते हैं। (जब वह बड़े होंगे तब उन्हें वर्ग और जाति का पता चलेगा)

आंगन के पार मेरे कमरे की ऊँचाई पर यानी मेरी खिड़की के सामने की तरफ़ तीन खिड़कियां हैं। तीन अलग-अलग कमरों की खिड़कियां। तीनों में वैसी ही सरियां लगी हैं। दिन के समय इस कमरे के अंदर देखना मुश्किल होता है। तीखी धूप आंगन में छायी रहती है जिससे खिड़कियां महज़ अंधेरे के टुकड़ों जैसी लगती हैं।

मेरा कमरा छोटा सा है। मैं उसमें इतनी बार इधर से उधर टहला

हूं कि मुझे उसकी लंबाई-चौड़ाई का पूरी तरह अंदाज़ा हो गया है। ऐड़ी से पंजों तक मेरे पांव की लंबाई है कुल ग्यारह इंच। इस हिसाब से कमरे की लंबाई बारह फ़ीट से कुछ ज़्यादा है क्योंकि जब मैं अपने पैरों से एक-एक करके नापता हूं तो आख़िरी बार मुझे पंजे दीवार के सहारे आड़े रखने पड़ते हैं। चौड़ाई में कमरा ठीक सात फ़ीट का है।

दीवारों से प्लास्टर उखड़ता जा रहा है और कई जगह चिकनाई के निशान और ऐसे धब्बे हैं कि उन्हें छिपाया नहीं जा सकता। सबसे बड़े धब्बों को मैंने पत्रिकाओं से काटकर निकाली हुई तस्वीरों से ढक रखा है, लेकिन जैसे धब्बों की लंबाई-चौड़ाई तय नहीं होती, वही हाल पत्रिकाओं की तस्वीरों का होता है। मेरी ज़रूरत की चीज़ें गिनी-चुनी हैं, और उनमें कुछ भी ख़ास कीमती नहीं है।

दीवार में बनी अलमारी में कुछ सस्ते उपन्यास हैं—अंग्रेज़ी, हिंदी और उर्दू में, जिनमें मेरे दो रोमांचक उर्दू उपन्यास—ख़ून और जासूस भी हैं। उन्हें लिखने में ज़्यादा वक़्त नहीं लगा। उनमें कुछ हिस्सा मेरा अपना है, कहीं-कहीं मैंने अंग्रेज़ी के लेखकों का बस तर्जुमा कर दिया। क्योंकि मेरी परवरिश मुस्लिम बहुल शहर के हिंदू परिवार में हुई—और फिर पढ़ने के लिए ईसाई स्कूल में जाने का मौका मिला इसलिए मुझे तीन भाषाओं की अच्छी समझ हो गयी। किताबें अच्छी बिकीं, लेकिन फ़ायदा मेरे प्रकाशक को ही मिला।

मेरठ की एक गली से अपना कामकाज चलाने वाले मेरे प्रकाशक ने मुझे दोनों किताबों के कुल जमा दो-दो सौ रुपये दिये, और बाद में रॉयलटी वग़ैरह का कोई चक्कर नहीं छोड़ा। किसी और प्रकाशक से भी मुझे इससे बेहतर कुछ नहीं मिलने वाला था। प्रकाशकों के लिए तो यह देश अच्छा है, लेकिन लेखकों के लिए नहीं। बायरन ने भी प्रकाशक के मुकाबले लेखक की नियति पर चोट की है—'बराबास अब प्रकाशक बन गया...'

'अगर तुम पैसा कमाना चाहते हो, अरुण,' उसने आख़िरी चेक थमाते हुए मुझसे दिल की बात कही थी, 'तो अपनी किताबें ख़ुद प्रकाशित करो। और जासूसी उपन्यास नहीं। उनका बाज़ार छोटा सा है। क्या तुम्हें इस बात का एहसास नहीं है कि भारत में ऐसे युवाओं की भीड़ पहले से ज़्यादा बढ़ती

जा रही है जो इम्तिहान पास करने की कोशिश में लगे होते हैं? सारे बस इम्तिहान पास करके अपनी शैक्षणिक योग्यता बढ़ाने में लगे रहते हैं। आधे तो रास्ते में लुढ़क जाते हैं। बाक़ी के आधे तो और भी ज़्यादा बदनसीब होते हैं। वह इम्तिहान तो पास कर लेते हैं, लेकिन फ़िर ज़िंदग़ी की दौड़ में नाकाम रहते हैं। कुल मिलाकर जो मैं कहना चाहता हूं, वह बात यह है कि दसियों लाख लोग एम. ए. बी. एससी. और पीएच. डी. तो करना चाहते हैं, लेकिन वह आसानी से डिग्री हासिल कर लेना चाहते हैं—बिना ज़्यादा किताबें पढ़े और साथ में यह भी चाहते हैं कि उन्हें कुल मिलाकर आधा दर्जन से ज़्यादा लेक्चर भी न सुनने पड़ें। और इसी में वह सच छुपा है जो तुम्हारे जैसे व्यक्ति के लिए फ़ायदे वाली बात है। राजनैतिक इतिहास की पांच पोथियां पढ़ने की उन्हें ज़रूरत क्यों पड़े अगर उन्हें बस दर्जन भर हल किये हुए गेस पेपर यानी ऐसे प्रश्नपत्र मिल जाएं, जिनमें वह सवाल होते हैं जो इम्तिहान में आ सकते हैं। आमतौर पर यह सही नहीं होते। अब तुम्हें करना यह है कि विश्वविद्यालय की परीक्षाओं की तैयारी से जुड़े लोगों से दोस्ती गांठो, और अपने पेपर बनाओ, चाहे उनमें थोड़ी-बहुत ग़लतियां रह जाएं—लेकिन उन्हें छपवा कर बाज़ार में रख दो। हॉट केक की तरह बिकेंगे।' अंग्रेज़ी की कहावत इस्तेमाल करते हुए उसने अपनी बात पूरी की।

मैंने कह तो दिया कि मैं सोचूंगा उनके सुझाव के बारे में, लेकिन मुझे यह बात ज़रा भी अच्छी नहीं लगी। काल्पनिक वेश्याओं का ख़ून बहाना मुझे भटके हुए छात्रों को घुट्टी बनाकर पिलाने से बेहतर लगा।

इसके अलावा प्रकाशक का सुझाया काम बेहद नीरस भी लग रहा था।

एक दोस्त जिसका मैं नाम नहीं बताऊंगा, उसने मुझे जेब तराशने का काम सिखाने की भी पेशकश की, लेकिन उसकी जेब पर हाथ साफ़ करने की नाकाम कोशिशों के बाद मैं इस काम से आजिज़ आ गया। किसी की जेब काटना एक हुनर है। मेरा दोस्त अपने इस हुनर का इस्तेमाल रेलवे स्टेशनों पर किया करता था, लेकिन मुझे मालूम था कि मुझसे यह नहीं होगा। मुझे सस्ते उपन्यास लिखकर ही काम चलाना पड़ेगा।

2

मेरी चारपाई की अर्दवान कसने की ज़रूरत है। उसके बीच में इतना झोल आ गया है कि अकसर जब मैं सोकर उठता हूं तो मेरी पीठ में दर्द हो रहा होता है। लेकिन मुझसे चारपाई की अर्दवान ख़ुद नहीं कसी जातीं, अब मुझे तब तक इंतज़ार करना पड़ेगा जब तक चाय की दुकान पर काम करने वाले लड़कों में से कोई मेरे पास नहीं आता।

चारपाई के नीचे मेरा टीन का संदूक है। उसमें रखे सामान में अस्वीकृत पांडुलिपियों के बंडलों के अलावा तमाम फ़ोटो, कपड़े, अख़बार की कतरनें और ऐसी न जाने कितनी चीज़ें भरी पड़ी थीं, जो ख़ानाबदोशों की तरह जीने वाले किसी ग़ैर-शादीशुदा युवक की ज़िंदग़ी का हिस्सा होती हैं।

वैसे मैं हमेशा बिलकुल अकेला नहीं रहता। कभी-कभी कोई भिखारी छज्जे पर सोने चला आता है, और उसे सोने देने की शर्त यह होती है कि वह बीमार न हो। सर्दी या बारिश के मौसम में चाय की दुकान पर काम करने वाले लड़के, जो आमतौर पर सड़क के किनारे ही सो जाते है, वह भी मेरे कमरे में चले आते हैं। उनके अलावा कमरे की दीवारों पर छिपकलियों

का बसेरा है जिन्हें मैं दोस्तों में गिनता हूं, और वह बड़ा सा चूहा जो खिड़की से अंदर घुस आता है और मेरे काम के काग़ज़ और कपड़े ले जाने की कोशिश करता है, वह बेशक दुश्मन है।

जून के महीने की रातें सबसे ज़्यादा परेशान करने वाली होती हैं। सारे नाले-नालियों, पानी भरे गड्डों और तालाबों से मच्छर उमड़ पड़ते हैं और पीपलनगर पर धावा बोल देते हैं। चारपाई के पाटी और पायों में छिपे खटमलों को भी गर्मी में बेचैनी होने लगती है और वह भी रात को निकलकर मेरी चादर में घुसने की कोशिश करते हैं। मैं अपने आप को चादर में मुर्दे की तरह लपेट लेता हूं ताकि उनसे बचा रहूं, लेकिन मच्छर बारीक चादर के बाहर से ही डंक मारकर ख़ून चूस डालते हैं, और मामूली से सुराख़ या चिरी हुई जगह से खटमल अंदर घुस आते हैं।

छिपकलियां मानसून की बारिशों के इंतज़ार में दीवारों पर इधर से उधर बेचैन घूमती रहती हैं, क्योंकि तभी उन्हें हज़ारों कीड़ों की दावत उड़ाने का मौका मिलता है।

हर कोई बारिश की तरी से मिलने वाली राहत का इंतज़ार कर रहा है। लेकिन दो महीने बाद जब छतें गिरेंगी, सड़कों पर पानी भरेगा और बरसाती पानी से उफ़नते नाले-नालियों के पानी की मिलावट से नल का पानी बीमारियों की वजह बनेगा तब हम मानसून को बुरा-भला कहेंगे और मनाएंगे कि वह जल्दी लौट जाए।

गर्मी के मौसम में सुबह उठना मुश्किल नहीं होता, क्योंकि बेचैनी और सपनों और अजीब ख़यालों के बीच नींद ही टुकड़ों में आती है। जब टीन के शेड के नीचे से पहली बस बाहर निकलती है तो मुझे पता लग जाता है कि पांच बज गये हैं। अगर दूसरों की नज़रों से बचकर शौच के लिए जाना हो, तो मुझे उसी वक़्त उठकर रेलवे लाइन के पार खेतों की राह लेनी होती है। हफ़्ते भर से ज़्यादा हो गया, स्टेशन के पास वाला सार्वजनिक शौचालय गंदा पड़ा है।

फिर मैं वापस छज्जे पर आकर बनियान और पायजामा उतारकर बदन पर सरसों के तेल से मालिश करता हूं। अगर चाय की दुकान वाला लड़का

जाग गया होता है तो मैं ख़ुद पीठ या पेट के बल लेट जाता हूं और उससे मालिश करवाते हुए पीपलनगर में कट रही ज़िंदगी से आगे की सोच में डूब जाता हूं।

मैं दिल्ली के सपने देखता हूं, जो कि महज़ दो सौ मील दूर है, और जहां कितना कुछ हो रहा है: पंचवर्षीय योजनाएं (जैसा कि अख़बारों में छप रहा है), और बड़े-बड़े बांध, हवाई अड्डों, नये उद्योगों, और चंड़ीगढ़ में बन रहे एक भव्य नये शहर के बारे में। यह सब मुझे अपने शहर के सिनेमाघर में चलने वाली न्यूज़रील में भी देखने को मिलता है, जिनमें अपने नये भारत के नये तीर्थों की नींव रखते, मुस्कराते हुए नेहरू जी भी दिखाई देते हैं। अपने नातियों के साथ खेलते, और उन्हें देखने के लिए उमड़ी भीड़ की तरफ़ हाथ हिलाते, या अपने गुलाब के बग़ीचे में टहलते हुए भी उनकी तस्वीरें देखने को मिलती हैं। काश! पीपलनगर में भी गुलाबों का बग़ीचा होता। हो सकता है उससे मुझे अपना ख़ुद का 'गुलिस्तां' लिख डालने की प्रेरणा मिल जाती!

~

जब पीपलनगर पहुंचने वाली पहली बस से सवारियां उतर रही थीं, तब मैं हज्जाम की दुकान में बैठा दीप चंद से बतिया रहा था और वह मेरे गालों पर साबुन से झाग बना रहा था। उस्तरा पूरी सफ़ाई के साथ मेरे गालों से गर्दन के बीच चलता है और उसकी लौंग-इलायची से महकती सांसें मेरे चेहरे पर टकराती रहती हैं। उसके मुंह में हमेशा पान की गिलौरी दबी रहती है। बगल वाली कुर्सी पर मिठाईवाला अपनी थुलथुल बाहें उठाकर बगलों के बाल साफ़ करवा रहा था। दीप चंद का छोटा भाई रामू उसका काम करता है, क्योंकि कम पसंद आने वाले ग्राहक उसी के जिम्मे छोड़ दिये जाते हैं। जब मैं दुकान में घुसता हूं तो रामू मुस्करा देता है। एक-दो बार हम रात को एक साथ मज़े लेने निकले हैं।

छोटे क़द का, गठीला और चुस्त मर्द है दीप चंद और कमर से ऊपर उसका गहरी रंगत वाला शरीर चमकता रहता है। कमर से नीचे, जांघों से लेकर टखनों तक उसकी पूरी टांगों पर गहरे काले बाल हैं। मर्दानगी का

यह आलम औरतों को ख़ूब रास आता है।

दीप चंद और रामू को मेरे बारे में जो कुछ हो सकता है सब पता है—मेरे ही नहीं वह पीपलनगर के बारे में भी सब कुछ जानते हैं।

'भाई, शादी कब करने का इरादा है?' दीप चंद ने हाल ही में मुझसे पूछा।

'अरे भई, यही कोई पांच-दस साल बाद,' मैंने जवाब दिया।

'तुम अब पच्चीस साल के हो गये हो,' उसने कहा। 'यही वक़्त है शादी करने का। तीस के हो जाओगे तो दुल्हन ढूंढना इतना आसान नहीं रह जाएगा। पीपलनगर में तो तीस की उम्र में बुड्ढे हो जाते हैं।'

'मैं तो अभी से खुद को काफ़ी बुड्ढा महसूस करता हूं,' मैंने कहा, 'मुझसे शादी-ब्याह की बात मत करो। मेरा दिमाग इन दिनों ठीक से काम नहीं कर रहा है। अपनी नयी किताब में अब तक मैं एक ही अध्याय में तीन लोगों को मार चुका हूं, लेकिन अब भी उसमें जान नहीं आयी है!'

'ठीक है, उसे जल्दी से पूरा करो,' दीप चंद मेरे सिर पर चम्पी की शुरुआत करते हुए बोला—'तब तुम अपने उधार चुका पाओगे। और जब तुम्हारे कर्ज़े चुक जाएंगे, तो तुम पीपलनगर छोड़कर कहीं और चले जाओगे, है न?'

मैं उसे कुछ भी जवाब नहीं दे पाया, क्योंकि उसके हाथ मेरी खोपड़ी पर धमाचौकड़ी मचाने लगे थे और उसकी थिरकती हुई कड़क उंगलियां मेरे बालों की जड़ों की जकड़न से जूझ रही थीं। माथे पर उसकी हथेलियों के दबाव से कितना चैन पड़ रहा था। दीप चंद से बेहतर चंपी कोई नहीं करता। अगर उसकी आमदनी अच्छी होती तो वह किसी और इलाके में अपना काम शुरू कर देता और इससे कहीं ज़्यादा बढ़िया ज़िंदग़ी जीता। यहां, हमारे मुहल्ले के दुकानदार, ट्रक ड्राइवर और रेलवे स्टेशन पर काम करने वाले मज़दूर उसके पास आते थे। अपने यहां बाल कटवाने वालों से वह दो रुपये लेता था, जबकि दूसरी जगह तीन लगते थे।

जब दीप चंद मेरे बालों में उंगलियां फिरा-फिरा कर सिर दबा रहा

था, उसी बीच मैंने मन ही मन में उन लोगों की सूची तैयार कर ली जिन्होंने मुझसे उधार ले रखा था, और जिनका कर्ज़ मुझे चुकाना था।

जो रक़म मैंने बाज़ार के कुछ लोगों को उधार के तौर पर दे रखी थी वह मेरे ऊपर दूसरों के कर्ज़ से काफ़ी कम थी। मकान मालिक सेठ गोविंद राम को मुझे छह महीने का किराया देना था। पूरे साठ रुपये। सेठ सिर्फ़ मेरे वाले मकान के ही नहीं, आधे पीपलनगर के मालिक होंगे—नाचने वाली उन लड़कियों के भी वही मालिक थे, जो सभी बस स्टॉप के पास बने कुछ कमरों में रहती थीं, और नाचने के सिवा और सब कुछ करती थीं।

वह फ़िलहाल तो मुझसे कुछ नहीं बोल रहे थे, लेकिन मुझे मालूम था कि और छह महीने हो गये तो वह मेरे ख़ून के प्यासे हो जाएंगे और मुझे किसी भी सूरत में उनके लिए बकाया रक़म का इंतज़ाम करना पड़ेगा।

सेठ गोविंद राम के पास एक बैंक है, एक तोंद है, और कहा जाता है कि एक रखैल भी है। बैंक और तोंद को तो पीपलनगर में सारे लोग जानते हैं, लेकिन रखैल को शायद ही किसी ने देखा हो। सबकी निगाहों से दूर पीपलनगर के बाहर की तरफ़ राजपूत शैली में बने एक बड़े से मकान में उसके रहने का इंतज़ाम था। उसके बारे में कल्पना करना भी मेरे लिए किसी चुनौती से कम नहीं था।

सेठ गोविंद राम नगर पालिका के प्रमुख सदस्य हैं। जनता उन्हें सरकार चला रही पार्टी के ज़बरदस्त समर्थक के तौर पर जानती है, जबकि वह सभी पार्टियों की मदद करते हैं, जब-तब उन्हें चंदा देकर। जैसा कि मैं पहले बता चुका हूं कि पीपलनगर के मुहल्लों के ज़्यादातर मकान उन्हीं के हैं, वह अकसर पुराने मकान तुड़वाकर नये बनवाने की बातें करते रहते हैं, लेकिन शायद उन्हें मकानों को उनके हाल पर छोड़ देना ही मुनाफ़े का सौदा लगता है।

किसी न किसी दिन सेठ गोविंद राम के साथ मैं अपना हिसाब-किताब बराबर कर लूंगा। अज़ीज़ को पूरा भरोसा है। अज़ीज़ कभी-कभी दो-तीन रुपये उधार मांगने मेरे पास आता है, मुझसे लिया कर्ज़ वह दूसरे किस्म

की लेन-देन से चुकाता है जब मैं उसकी कबाड़ की दुकान पर जाता हूं। वह अट्ठारह साल का मुस्लिम लड़का है, जो कबाड़ की दुकान के पिछवाड़े बने कमरे में ही रहता है।

दुकान की दीवारें कच्ची हैं, और उसकी छत की जगह टीन की चादर पड़ी है। बरसात के मौसम में हमेशा दीवारों के ढह जाने और छत के अंधड़ में उड़ जाने का ख़तरा बना रहता है। बारिश का पानी तो अंदर आ ही जाता है जिससे उसके कमरे का फ़र्श हमेशा गीला रहता है। फ़र्श पर पड़ी जिल्द चढ़ी पुरानी अंग्रेज़ी पत्रिकाओं पर फफूंदी लगती है और पुराने बर्तन, पुर्ज़े और लोहा-लंगड़ वगैरह जंग खाते रहते हैं। अट्ठारह साल की उम्र में अज़ीज़ भी धूल खा रहा है, अभी से बुढ़ापे और बीमारी की चपेट में आ गया है।

हालांकि उसके पास ऐसा कुछ नहीं है जिसपर वह अपनी उम्मीदें टिकाये, लेकिन वह आशावादी है, और हमेशा मुझसे यही पूछता रहता है कि मैंने दिल्ली जाकर अपनी किस्मत का ताला खोलने की जो क़सम खायी है, वह कब पूरी करूंगा। उसे मेरे ऊपर कोई शक नहीं है। लेकिन उसने मुझे चांदनी चौक में एक मौके की जगह ढूंढने का काम सौंपा हुआ है जहां वह एक अच्छी सी कबाड़ की दुकान खोल सके। इसके लिए वह बचत भी कर रहा है। लेकिन वह जितना कुछ बचाता है वह पीपलनगर होम में रह रही उसकी बीवी की देखरेख के वास्ते चला जाता है, जिसे परिवार के लोगों ने पागल करार देने के बाद वहां भेज दिया था। पीपलनगर में वहां भेजने लायक लोगों की कमी नहीं है, लेकिन वहां किसी को तभी भेजा जाता है जब कोई और चारा नहीं बचता, क्योंकि एक बार वहां पहुंचने के बाद किसी की वापसी नहीं होती।

3

धन कमाने के लिए मैंने कई अलग-अलग तरीके अपनाये। तीन दिन मैंने सब्ज़ी की दुकान लगायी थी; ख़यालों में ही सही, चाय की दुकान में पैसा लगाया था; और यहां तक कि लोगों की हस्तरेखाएं विचार कर उनका भविष्य बांचने की कोशिश भी कर चुका था। यह आख़िरी वाला काम बिलकुल नहीं चला, और वह भी इसलिए नहीं कि मुझे अच्छी तरह हाथ देखना नहीं आता था—मुझे इंसान की फ़ितरत की ऐसी सहज समझ थी कि मैं ये जान लूं कि कोई आदमी या औरत क्या सुनकर ख़ुश हो सकता है—लेकिन पीपलनगर में हाथ दिखाने वाले इक्का-दुक्का ही हाथ लगते थे! मेरे दोस्तों और पड़ोसियों का तो जैसे पहले ही अपने भविष्य पर से विश्वास उठ चुका था और आने वाले वक़्त से उन्हें उम्मीद ही नहीं बची थी।

दीप चंद ने ज़ोरदार तरीके से अपनी सोच मेरे ऊपर थोपने की कोशिश की—'जब बच्चा पैदा होता है तब उसकी मुट्ठी बंद होती हैं, और वह इतने लंबे समय से वैसे ही बंद रही होती हैं, इसलिए हथेली पर सिलवटें पड़ जाती हैं। हमारे हाथ की रेखाओं का यही मतलब होता है। उनका हमारे भविष्य से क्या लेना-देना?'

मैंने दीप चंद की बात तो मान ली, लेकिन सोचा कि लोगों को उनकी किस्मत के बारे में बताने का काम पैसा कमाने का अच्छा तरीका हो सकता है। दूसरे तमाम लोग करते हैं यह काम—भगवे वस्त्र पहनने वाले साधुओं से लेकर बी. ए. और बी. कॉम. पास हाथ देखने वाले तमाम लोग इसमें ख़ूब कामयाब हैं, शायद इसीलिए मुझे भी हाथ देखने के धंधे में हाथ आज़माने की सूझी। जल्दी ही मैंने इस विषय पर एक किताब पढ़ डाली, और घर के छज्जे पर अपने नये पेशे के बारे में दुनिया को बताने के लिए एक बोर्ड लगा दिया। मुझे इस काम में कामयाबी न मिलने की वजह शायद यह थी कि पीपलनगर में मेरी अच्छी-ख़ासी पहचान थी। मुहल्ले के आधे लोगों को तो यह लगा कि मैं कोई मज़ाक कर रहा हूं, और बाकी आधे लोगों को मेरे वास्तव में हस्तरेखा विशेषज्ञ होने पर विश्वास ही नहीं था।

इससे तो बेहतर था सब्ज़ी की दुकान लगाना। मेरे मुहल्ले से ज़रा आगे बढ़ने पर घंटाघर के पास एक विधवा पंसारी की दुकान चलाती थी। उसकी दुकान पर चावल, दाल, मसाले वग़ैरह घर-रसोई में काम आने वाली तकरीबन सभी चीज़ें मिल जाती थीं, सब्ज़ियां और मांस-मछली छोड़ कर। शायद सब्ज़ियों में पैसा फंसाने का जोखिम वह ख़ुद नहीं उठाना चाहती थी, लेकिन सब्ज़ी-भाजी के धंधे की बात उसके मन में ज़रूर थी, तभी तो उसने मेरे पीछे पड़कर सब्ज़ी की दुकान में मेरी रक़म लगावा दी।

मैं उसे टाल भी नहीं पाया। वह बड़ी हिम्मती औरत थी, ख़ूब हट्टी-कट्टी चौड़ी छाती वाली, जो अपने ऊपर हावी होने की कोशिश करने वाले किसी भी मर्द को नहीं छोड़ती थी, सरे राह उससे लड़ पड़ती थी। और अपना माल बेचने के लिए ऐसी बातें करती कि कोई उसे नकार न पाये। उसी की बातों का असर था जो मैं रसीले फलों और ताज़ी हरी साग-भाजी से भरी ख़ुद की सब्ज़ी की दुकान का सपना देखने लगा।

और दुकान भरी भी रही, शुरू से आख़िर तक। मैं गोभी का एक फूल या एक बंदगोभी, या फिर साग के कुछ पत्ते भी बेच नहीं पाया। इससे पहले कि सब्ज़ियां ख़राब होतीं, मैंने सारी दीप चंद, पीतांबर और दूसरे दोस्तों में बांट दीं। उसी ने दबाव डालकर मुझसे बाज़ार भाव से दस पैसा बढ़ाकर

दाम लगाने को कहा था, और उसकी यही सलाह मुझे भारी पड़ी, क्योंकि पीपलनगर में थोड़ा ज़्यादा कीमत चुकाकर बेहतर माल का सवाल ही नहीं पैदा होता। उसका कहना था कि ग्राहकों से ज़्यादा साफ़-सुथरी और ताज़ी सब्ज़ियों के एवज में दस पैसे ज़्यादा लो। उसका ऐसा सोचना ठीक नहीं था। ग्राहक ज़्यादा साफ़-सुथरी और ताज़ी सब्ज़ियां ज़्यादा सस्ते में लेना चाहते थे।

फिर भी, उस पहली सुबह पांच बजे उठना, वह भी बरसों बाद, और रेलवे स्टेशन के पास सब्ज़ी मंडी तक पैदल जाना, आढ़तियों से मोलभाव करना, सब्ज़ियों को टोकरियों में भरना और फिर उन्हें उठाकर चलते झल्ली वाले के साथ चलने का वह मालिकाना अंदाज़ काफ़ी रोमांचक रहा।

बस स्टॉप से करीब आधा मील दूर रेलवे स्टेशन मुझे हमेशा से आकर्षित करता था। लड़कपन में रेलगाड़ियां अपनी ओर खींचती थीं, मुझे लगता है सभी लड़कों को लुभाती होंगी, और मैं खेतों के बीच से सनसनाती हुई निकलने वाली रेलगाड़ियों में बैठे मुसाफ़िरों को देखकर खूब ज़ोर से हाथ हिलाया करता था, और जब कभी पलटकर कोई मुसाफ़िर हाथ हिलाता, तो दिल ख़ुश हो जाता था। डिब्बों में बैठे लोग कहां जा रहे हैं, क्यों जा रहे हैं, यह सब सोचा करता था। रेलगाड़ियों में गज़ब का आकर्षण था, जैसे वह किसी दूसरी दुनिया में ले जाती हों... जब तक कि नवाबगंज वाली रेल की टक्कर में मेरे माता-पिता ही इस दुनियां से नहीं चले गये। मेरे सारे बंधन टूट गये, लेकिन ट्रेन का सारा आकर्षण ख़त्म हो गया।

'तुम्हें करना यह चाहिए,' दीप चंद ने मेरे गालों पर हजामत वाला साबुन रगड़ते हुए (ख़ुद हजामत न बनाने की कई वजह हैं, जैसे आलस, गपशप करने की इच्छा और दीप चंद का चित्रकारों की तरह चेहरे पर उस्तरा चलाना...) सलाह देने वाले अंदाज़ में बात छेड़ी, 'तुम्हें चाहिए कि तुम किसी अमीर औरत से शादी कर लो। तुम्हारी सारी परेशानियां ख़त्म हो जाएंगी। अपने लिए एक जवान मर्द पाकर वह ख़ुश हो जाएगी। पंखा झलने और पैर दबाने के लिए नौकर होंगे और फिर तुम फ़ुरसत से अपना लिखना जारी रख सकोगे।'

'ख़याल बुरा तो नहीं है!' मैंने कहा, 'लेकिन ऐसी औरत मिलेगी कहां? मुझे लगता है सेठ गोविंद राम की बीवी के अलावा एक रखैल भी है, लेकिन मैंने उसे कभी देखा नहीं है। और फिर सेठ को देखकर उसके हाल-फिलहाल में चल बसने के आसार भी नहीं नज़र आते।'

'ज़रूरी थोड़े ही है कि वह विधवा हो। कोई जवान औरत ढूंढ लो जो किसी मोटी आसामी की बीवी हो। वह तुम्हें सहारा देगी।' दीप चंद खुद एक शादीशुदा आदमी है जिसके कई बच्चे हैं। कितने हैं, इसकी मैंने कभी परवाह नहीं की।

उसके और दूसरे लोगों के बच्चों को देखकर ऐसा लगता है कि पीपलनगर में हर एक बालिग पर पांच बच्चे हैं। शायद ऐसा ही है, मुझे लगता है। जनगणना से भी यही पता चला है कि हमारी कुल आबादी में पांच से पंद्रह साल के बच्चों की तादाद एक चौथाई है। संकरी गलियों में उनका हुजूम ऐसे उमड़ता है जैसे वह एक ही बहुत बड़े से परिवार का हिस्सा हैं—ऐसे परिवार का जिसमें सारे के सारे छोटे-छोटे निकली हुई तोंद वाले लोग हैं, अधनंगे, धूल से सने, आपस में लड़ते-झगड़ते, हँसते और रोते, और जो शायद ही उन बालिगों से कहीं मेल खाते हों, जिन्होंने उन्हें इस दुनिया में जन्म दिया है।

मेरे कमरे के दोनों तरफ़ जो परिवार हैं, उनमें करीब एक-एक दर्जन बच्चे होंगे—जबकि दोनों परिवारों के पास रहने के लिए मेरे कमरे से बस थोड़ा बड़ा एक-एक कमरा ही है, और उसी में उन्हें पकाना, खाना, सोना और प्यार करना होता है। मर्द चीनी मिल में काम करते हैं और करीब पचास रुपये महीना कमाकर लाते हैं। बड़े बच्चे पीपलनगर हाई स्कूल में पढ़ने जाते हैं, और सिर्फ़ ख़ाना खाने घर आते हैं। उनसे छोटे वाले सारा दिन अंदर-बाहर, अंदर-बाहर किया करते हैं, जेबों में कंकड़िया, छोटे सिक्के और कंचे भरे डोलते रहते हैं।

टैगोर ने लिखा हैः 'हर बच्चा यह संदेश लेकर आता है किं अभी ईश्वर का इंसान पर से विश्वास नहीं उठा है।'

दोपहर को जब साये सड़क पार कर दूसरी तरफ़ चले जाते हैं, तब

बच्चों की एक टोली अपने बस्ते हिलाती खाली पड़ी सुनसान सड़क पर शोर मचाती निकल पड़ती है। वह स्कूल में अपनी मेज़-कुर्सियों पर बड़े सवेरे से जमे रहने के बाद, अब कड़क धूप के बावजूद अपनी मनमानी करने निकले हैं, जबकि बड़े लोग यहां-वहां नीम की घनी छाया में मूंझ से बुनी चारपाइयों पर पड़े सोते गर्मी के पहर बिताएंगे।

बच्चे नदी किनारे मुलायम रेती पर कुश्ती लड़ते हैं और कड़क्को खेलते हैं। गली के नुक्कड़ पर, और जो जगह ऊँचे वाले मकानों की छाया में रहती है, वहां बच्चों का पसंदीदा गुल्ली-डंडे का खेल चलता रहता है। बाकी जगह, खुले में कबड्डी खेली जाती है, जिसे बच्चे ही नहीं जवान लड़के भी खेलते हैं। कबड्डी देहाती इलाकों में खेला जाने वाला ऐसा खेल है जिसमें अव्वल दर्जे की चुस्ती-फुर्ती और ताक़त के साथ सांस पर पकड़ बनाकर रखना भी ज़रूरी होता है।

पीतांबर नयी उम्र का एक पहलवान है जो कुछ ही समय पहले पास के गांव से यहां आकर बस गया है और बेहतरीन कबड्डी खेलता है। उसे सारे दांव आते हैं, और खासतौर से उसे दूसरे पाले के खिलाड़ियों को पकड़ने में महारत हासिल है। वह एक बार मुझे अपने गांव ले गया। वहां के सभी लड़के लंबे-लंबे हाथ-पैरों वाले थे जिनकी रंगत धूप में रहने से सांवली पड़ गयी थी। उनकी चाल में अकड़ थी, लेकिन चेहरे पर तनाव का नामोनिशान नहीं था। पीतांबर के गांव वालों में ऐसा उत्साह और आत्मविश्वास नज़र आ रहा था, जो मुझे पीपलनगर में कभी देखने को नहीं मिला।

पीपलनगर में निराशा छायी हो, ऐसा नहीं है, बल्कि शहर के लोगों में एक ऐसी सोच बन गयी थी जैसे उन्हें जीने और मरने से कोई फ़र्क ही नहीं पड़ता। शहर की सही छवि पीपलनगर होम में बिलकुल साफ़ तौर पर नज़र आती थी जहां के मिट्टी की दीवारों से घिरे आंगन में कोई दो दर्जन ऊबे हुए से मानसिक रोगी खोये-खोये से इधर-उधर डोला करते थे। उनमें से एक जोश में आकर बार-बार कुछ बड़बड़ाने लगता था, लेकिन वहां के ज़्यादातर लोग शांत, दुःखी और चिड़चिड़े से थे।

यह सब देखकर मुझे कभी-कभी निराशा होने लगती है। लगता है

जैसे दुनिया आधे-अधूरे लोगों से भरी पड़ी है।

'मुझे समझ में नहीं आता कि ईश्वर ने इंसान को बनाया ही क्यों, जबकि और सब कुछ तो था उसके पास,' गर्मी की एक रात मैंने सूरज से कहा, 'ईश्वर को आख़िर अपनी दुनिया को किसी और के साथ साझा करने की ज़रूरत ही क्यों पड़ी?'

'शायद उसे अकेलापन अखरता होगा,' सूरज ने जवाब दिया।

4

मुझे पता नहीं कि सूरज के मन में कभी यह आता है या नहीं कि हमारी पहली मुलाकात जिन हालात में हुई, उनमें न होकर कुछ अलग तरह से होती। उसने कभी इसका ज़िक्र नहीं किया।

मैं रेलवे लाइन के उस पार के खेतों के बीच से गुज़र रहा था कि मुझे कोई पगडंडी पर पड़ा हुआ दिखाई दिया, जिसका सिर और धड़ पकते हुए गेहूं की फसल में छुपे थे। जहां वह पड़ा था वहां के गेहूं के पौधे हिल रहे थे, और जब मैं पास आ गया तो मैंने देखा कि उसके एक पैर में बार-बार झटके से लग रहे थे। यह सोचकर कि कहीं यह कोई हिंसा के साथ की गयी लूटपाट की कोई घटना न हो, मैं वहां से भागने को तैयार हो गया। लेकिन अगले ही पल मैंने खुद को समझाया कि मैं कोई छोटी सोच वाला कायर तो हूं नहीं, और बेचैनी से तड़पते उस व्यक्ति की तरफ़ बढ़ा।

वह करीब अट्ठारह साल का लड़का था और लग रहा था जैसे उसे तेज़ दौरे पड़ रहे हैं।

उसके मुंह में से थोड़ा सा ख़ून निकलकर एक तरफ़ बहने के निशान

के सिवा उसका बाक़ी चेहरा बिलकुल फक सफ़ेद पड़ा था। उसके पैर में झटके आ रहे थे और हाथ भी अजीब तरह से ऐंठ रहे थे। गेहूं के बीच वह इस हाल में बदहवास पड़ा था।

मैंने उससे बात करने की कोशिश की, पूछा- 'क्या हुआ है?' लेकिन ज़ाहिर है, वह तो बेहोश था। कुछ भी नहीं बोला। तब मैं कुएँ की ओर जाती पगडंडी पर दौड़ता हुआ वहां पहुंचा जहां थोड़ा सा पानी पड़ा हुआ था। अपनी कमीज़ के एक सिरे में अच्छी तरह से पानी सोखकर वापस लड़के के पास भागा।

तब तक दौरे का असर हल्का पड़ गया था। पैरों के झटके और हाथों का ऐंठना बंद हो गया था, चेहरा शांत लग रहा था, लेकिन उसकी सांसें अब भी तेज़ी से चल रही थीं। मैंने उसके होठों के पास लगा ख़ून साफ़ किया। उसने आंखें खोलीं और मेरी तरफ़ ऐसे ताकने लगा जैसे उसे कुछ भी समझ में नहीं आ रहा हो।

'तुम्हारी जीभ कट गयी है,' मैंने कहा, 'लेकिन परेशानी की कोई बात नहीं है, मैं यहीं तुम्हारे पास रहूंगा।'

हम कुछ देर बिना कुछ बोले वहीं आराम करते रहे। उसकी बेचैनी अब ख़त्म हो चुकी थी, और वह अपने पैरों को बाहों में समेटे घुटने पर अपनी कोहनी टिकाकर बैठ गया था।

'अब मैं बिलकुल ठीक हूं,' वह बोला।

'क्या हुआ था?'

'कुछ भी नहीं। ऐसा तो अकसर होता रहता है। पता नहीं क्यों होता है, और मैं इसे रोकने के लिए कुछ कर भी नहीं पाता हूं।'

'क्या तुमने डॉक्टर को दिखाया?'

'जब पहली बार हुआ था, तब मैं अस्पताल गया था। उन्होंने मुझे कुछ गोलियां दीं, जो मुझे रोज़ाना खानी थीं। लेकिन उन्हें खाने पर मैं इतनी थकान महसूस करता, इतनी नींद आने लगती थी, कि मैं कुछ भी काम नहीं कर पाता था। इसलिए मैंने उन्हें खाना बंद कर दिया। अब मुझे यही

कोई हर हफ़्ते एक बार दौरा पड़ता है, लेकिन अगर वह गोलियां लेने लगूं तो किसी काम का न रहूं।'

वह खड़ा हो गया, .और मुस्कराते हुए अपने कपड़े झाड़ने लगा।

वह दुबला-पतला लड़का था, लंबे-लंबे हाथ-पैर और अलग नज़र आती हड्डियां। ठोड़ी पर थोड़े से नर्म रोएं और होठों के ऊपर की ओर मूंछों की रेख। उसका पायजामा उसकी टांगों के लिहाज से कुछ छोटा था, जिससे उसके पैरों की हड्डियां और भी साफ़ नज़र आ रही थीं। लेकिन उसमें एक कशिश ज़रूर थी; आंखें ऐसी जैसे उनमें कई भेद छुपे हों, और होंठों पर ठिठकी सी मुस्कान।

उसने मुझे बताया कि वह पीपलनगर कॉलेज में पढ़ता है, और अगस्त में उसके इम्तिहान होने हैं। ऐसा लगता था जैसे इस इम्तिहान के नतीजे पर ही उसकी आगे की सारी ज़िंदग़ी टिकी थी। अगर वह पास हो जाता है, तो उसे वज़ीफ़ा मिल सकता था, जिससे आख़िरकार दुनिया में अपना एक मुक़ाम बना सकता था। और इम्तिहान में नाकाम होने पर एक ही रास्ता था—पीपलनगर में गली-गली फेरी लगाकर कंघे, बटन और इत्र की छोटी-छोटी शीशियां बेचकर रोज़ी-रोटी कमाना।

मेरी नज़र ज़मीन पर पड़ी उसके माल की ट्रे पर गयी, जिसके पट्टे को गले में डालकर वह फेरी लगाता था। सारा दिन पीपलनगर में घूम-घूम कर लोगों को उनके दरवाज़े पर अपना माल बेचते हुए वह करीब दस-पंद्रह किलोमीटर की दूरी तय कर ही लेता होगा। दिन भर में यही कोई दो रुपये कमा लेता था जिससे उसका खाने भर का काम चल जाता था—बस स्टैंड के पास वाले ढाबों और सड़क किनारे आम-जामुन के पेड़ों के साये में छोटी-छोटी चाय-नाश्ते की दुकानों पर वह खाता था। जब जामुन पकते थे तो वह पेड़ों पर चढ़ जाता था, और तब तक वह खट्टे-खट्टे जामुन चूसा करता था जब तक कि उसके होंठ जामुन के रस से बैंगनी नहीं हो जाते थे। पेड़ पर चढ़े होने पर हमेशा इस बात का ख़तरा बना रहता था कि कब उसे दौरा पड़ जाए और वह पेड़ से गिर जाये, लेकिन जामुन खाने की लालच के आगे यह ख़तरा उठाने से वह नहीं कतराता था।

'तुम कहां रहते हो?' मैंने पूछा। 'मैं तुम्हारे साथ तुम्हारे घर तक चलूंगा।'

'मेरा कोई एक ठिकाना नहीं है। कभी धर्मशाला, कभी गुरुद्वारा और कभी मैदान। गर्मी के महीनों में तो मुझे मैदान में, घास पर सोना ही अच्छा लगता है।'

'तब मैं भी तुम्हारे साथ मैदान तक चलूंगा,' मैंने कहा।

उसका अनाथ और शरणार्थी होना कोई ख़ास बात नहीं थी। 1947 की साम्प्रदायिक त्रासदी में हज़ारों घर बर्बाद हुए थे, महिलाओं और बच्चों समेत हज़ारों लोग मारे गये थे। उसकी ख़ास बात थी उसकी संवेदनशीलता—या मैं उसे उसकी समझदारी कहूं,—जो एक ऐसे पंजाबी युवा में बड़ी मुश्किल से मिलती है जो कि देश के इतिहास के सबसे क्रूर दौर में सीमांत प्रांत में पला-बढ़ा हो। उसकी बोलचाल से मैं प्रभावित नहीं था, लेकिन ज़िंदगी को लेकर उसके नज़रिये में मुझे उम्मीदें नज़र आती थीं, जबकि पीपलनगर के दूसरे लोगों में इतना सब्र था कि नाउम्मीदी भी उन्हें परेशान नहीं करती थी। मुझे अपनी ओर खींचती थीं उसकी सधी सी आवाज़ जिसे सुनकर अनसुना नहीं किया जा सकता था, उसकी आंखें, लंबी उंगलियां, लंबी बांहें। और उसकी मुस्कराहट ऐसी जिसमें कभी दिल्लगी तो कभी तल्खी की झलक मिलती थी।

5

एक सुबह जब मैंने अपने कमरे का दरवाज़ा खोला, तो सूरज को सीढ़ियों के ऊपर वाली चौड़ी जगह सोते पाया। पास ही उसकी ट्रे रखी थी। मैंने उसे धीरे से हिलाया, तो वह फ़ौरन तीखी धूप में चौंधियाती आंखें मिचमिचाता हुआ उठ गया।

'तुम अंदर क्यों नहीं आ गये,' मैंने कहा। 'तुमने बताया क्यों नहीं?'

'बहुत देर हो गयी थी,' वह बोला। 'मैं तुम्हें जगाकर परेशान नहीं करना चाहता था।'

'जब तुम सो रहे थे, तब कोई तुम्हारी चीज़ें चुरा कर ले जा सकता था।'

'लेकिन अब तक तो किसी ने मेरा कुछ नहीं चुराया।'

मैंने उससे कहा कि उस रात मेरे कमरे में सोने का वादा करे। वह रात को दस बजे आ भी गया, और ज़मीन पर करवट लेकर फटाफट सो भी गया। मैं जागता रहा, इस फ़िक्र में कि कहीं उसे दिक्कत न हो।

वह कई रातों तक आता रहा, और सुबह जल्दी ही, इससे पहले कि मैं कुछ बनाकर उसे खाने को दे सकूं, वह चला भी जाता था। रात को हम जो बातें करना शुरू करते तो सुबह तक करते रहते। हम दोनों ही बहुत कम सो पाते थे।

मुझे सूरज का साथ अच्छा लगता था। उसकी वजह से मेरा अकेलापन दूर हो जाता था, और मैंने पाया कि मैं सीढ़ियों पर उसके आने की आहट का इंतज़ार करने लगा था। उसे मेरे साथ इसलिए अच्छा लगता था, क्योंकि मेरे पास कहानियों का अंबार था, हालांकि उनमें से कुछ फूहड़पन से भरी भी होती थीं। उसे मेरे साथ इसलिए भी अच्छा लगता था क्योंकि मैं उसके मन में सपनों को पूरा करने का जोश भरता और हौसला बढ़ाता था।

मुझे याद नहीं कि मैंने ऐसा क्या कह दिया जिसका उसे बुरा लग गया और उसकी भावनाओं को ठेस पहुंची—अनजाने में ही कुछ कह दिया होगा, और ज़ाहिर है, कोई ऐसी मामूली सी बात होगी जो बाद में आप कितना भी याद करने की कोशिश करें, याद नहीं आती, लेकिन मौके पर बड़ी अहम बात बन जाती है। शायद मैं उसे सलाह कुछ ज़्यादा ही देने लगा था, दुनिया और औरतों के बारे में अपनी समझ का बखान करते हुए, बातों-बातों में मैंने उससे यह मज़ाक कर डाला कि वह एक दिन प्रधानमंत्री बन सकता है। मुझे इस बात का एहसास तब हुआ जब दूसरे दिन वह मेरे कमरे पर नहीं आया।

मैंने रात ग्यारह बजे तक उसके कदमों की आहट का इंतज़ार किया, और जब वह नहीं आया तो मैं उसे ढूंढने निकल पड़ा। मैं यह बर्दाश्त नहीं कर सकता था कि दुःखी और नाराज़ सूरज मैदान में अकेला रात गुज़ारे। और अगर उसे फिर दौरा पड़ गया तो क्या होगा? फिर मैं ख़ुद ही अपने को समझाने लगा कि जब उसकी मदद करने के लिए मैं नहीं था, तब भी तो उसे दर्जनों बार दौरे पड़ चुके होंगे। लेकिन इतना ज़रूर है कि मेरे मन में उसकी देखभाल को लेकर फ़िक्र तो पैदा हो गयी थी।

दुकानें बंद हो गयी थीं, और अब सिर्फ़ उनके ऊपर के माले पर बने मकानों की खिड़कियों से रोशनी आ रही थी। सड़क के किनारे चलने की

जगह पर कितने ही लोग सो रहे थे, और मैं एक-एक के चेहरे पर नज़रें गड़ा-गड़ा कर देखता आगे बढ़ता रहा लेकिन मुझे सूरज नहीं मिला। आख़िरकार, वह मुझे मैदान में ही मिला, एक बेंच पर सोता हुआ।

'सूरज,' मैंने कहा, तो वह जागकर उठ बैठा।

'यह क्या है?'

'मैं पिछले दो घंटे से तुम्हें ढूंढता फिर रहा हूं। चलो, घर चलो।'

'आज रात यहीं क्यों नहीं गुज़ारते?' वह बोला, 'यही मेरा घर है।'

पहले तो मुझे गुस्सा आया, लेकिन फिर अपने गुस्से पर ख़ुद ही शर्म भी आयी।

मैंने कहा—'शुक्रिया, मेरे दोस्त, इस मेहरबानी के लिए... तुम्हारा मेहमान बनना मेरे लिए फ़ख्र की बात है।' और बेंच पर उसके बगल में बैठ गया।

कुछ देर हम शांत बैठे रहे और बड़ा सा पीला चांद बादलों के साथ लुका-छिपी खेलता रहा। फिर फुहार पड़ने लगी।

'देखो बारिश होने लगी है,' मैंने कहा। 'तुम अपने घर पर छत क्यों नहीं डलवा लेते? फिलहाल मेरे घर चलते हैं।'

मुझे लगा कि वह इनकार कर देगा, लेकिन वह उठा और मुस्कराते हुए बेंच से उठ गया। शायद अचानक मेरा विनम्र हो जाना इसकी वजह थी, या फिर वजह बारिश थी...मुझे लगता है कि मेरी विनम्रता ही वजह थी क्योंकि उसकी वजह से ही उसे एहसास हुआ होगा कि उसने मेरे साथ ठीक नहीं किया। जितना मैं उसकी सोच को जानता हूं, मैं कह सकता हूं कि मेरे साथ घर चलने के लिए उसके तैयार हो जाने की वजह बारिश नहीं थी।

~

दोपहर का समय है। पीपलनगर में सन्नाटा छा गया है। पारा चालीस का निशान पार कर गया है और सड़क पर नंगे पैर चलना सिर्फ़ भिखारियों और मज़दूरों के बस की बात रह गयी है जिनके तलवों में चमड़ी की कई पर्तें

बन जाती हैं जो उन्हें जलने से बचाती हैं। और इतनी गर्मी में भी वे दुकानों और दीवारों के साये में आराम करने के लिए पसर जाते हैं और उनके खुले घावों से मवाद रिसता रहता है।

सूरज पीपल या बरगद की छाया में सोता मिलेगा, बगल में खुली पड़ी किताब और चंद कदम पर होगी उसकी ट्रे। कभी-कभी कौवे उसके रंग-बिरंगे कंघों और दूसरी चीज़ों का मुआयना करने पेड़ से नीचे उतर आते हैं।

दिन के इस प्रहर में मैं अपने कमरे में पत्थर के फ़र्श पर उघारा लेट जाता हूं क्योंकि फ़र्श ही सबसे ठंडा होता है। गर्मी की वजह से बेचैनी ऐसी होती है कि न काम होता है न आराम। ऐसे में मैं अपनी नाभि को खखोलता हूं, कभी सीने को सहलाता हूं, अपने बदन के हमेशा ढके रहने वाले हिस्सों को टटोलता हूं, पैरों और जांघों के बालों पर हाथ फेरता हूं। फिर अपने पंजों को, उनमें जमा हुई धूल और मैल को ग़ौर से देखता हूं, और दीवारों से उखड़ती हुई पपड़ियों में बनने वाली चिड़िया, सांप, हाथी... और तमाम ऐसी ही तस्वीरों को अपनी कल्पना के सहारे तलाशते हुए मुझे पंचतंत्र की पूरी दुनिया ही मिल जाती है!

इंद्रियों से जितने सुख भोगे जा सकते हैं, उनमें से, मुझे लगता है कि स्पर्श का सुख मुझे सबसे ज़्यादा रास आता है—मिसाल के तौर पर गर्म दोपहरी में फ़र्श के ठंडेपन का एहसास। इसीलिए मैं अपने कमरे में सारे कपड़े उतार कर लेट जाता हूं ताकि मेरा सारा बदन ठंडे पत्थरों के संपर्क में रहे।

ज़मीन का स्पर्श—मुलायम मिट्टी, पथरीली ज़मीन, घास, कीचड़।

कभी-कभी सड़क इतनी गरम होती है कि बेहद सख़्तजान पैरों को भी झुलसा दे, और कभी बेहद ठंडी, सख़्त और ज़ालिम। घास अच्छी होती है, ख़ासतौर पर ओस से अटी घास, क्योंकि उसपर चलने से पैर घास के रस से सराबोर हो जाते हैं, और ऐसा लगता है जैसे वह रस पैरों के रास्ते शरीर के अंदर पहुंच रहा है। गीली मिट्टी नर्म होती है और बड़ा आनंद देती है। और जब पैरों पर लगे-लगे सूखकर उसकी पपड़ियां बन जाती हैं तब नल की धार में उसे धोने पर मटमैले पानी को नाली में बहता देखने में बड़ा मज़ा आता है। ऐसा लगता है जैसे कोई संकरी पहाड़ी नदी भागकर

कहीं जा पहुंचने की जल्दी में निकल पड़ी हो।

~

दिन होते हैं, और रातें होती हैं। अलग तरह के दिन और अलग तरह की रातें होती हैं, लेकिन पीपलनगर में सारे दिन और सारी रातें एक से होते हैं।

लेकिन कुछ चीज़ें हैं जिनसे मुझे तसल्ली मिलती है...प्यार करने और प्यार पाने का जज़्बा। इंसान के बदन में रची-बसी ख़ूबसूरती और बदसूरती, और उसकी बनावट की बारीकियां। कभी प्यार मेरे लिए उस सब की खोज जैसा होता है जिसे छूआ जा सकता है, तो कभी वह मन की गहराइयों में गोता लगाकर कुछ ढूंढ निकालने का ज़रिया। प्यार मुझे न जाने कितनी दूर तक, ख़ुशियों के जहान में ले जाता है।

6

कुछ रातें ऐसी होती हैं जब सोना मुश्किल हो जाता है। मच्छरों और उमस के अलावा, सारे पीपलनगर में जगह-जगह लगे लाउडस्पीकर कानफोड़ू शोर उगलते हैं—सिनेमाघरों में, शादियों में, और धार्मिक जमावड़ों वाली जगह। लगातार कुछ न कुछ बजता रहता है, कहीं भजन-कीर्तन तो कहीं फिल्मी गीत-संगीत। मुझे दोनों ही नहीं सुहाते, लेकिन न चाहते हुए भी सुनना पड़ता है, रात के सीने को चीर कर आने वाली आवाज़ों से नफ़रत सी होती है लेकिन उनका एक अजीब सा जादू अपनी ओर खींचता है।

हैरत की बात है, कि यह सारा शोर सूरज को परेशान नहीं करता। जैसे शोर से बेअसर रहने का टीका लगा लगा हुआ हो उसे। एक बार सो जाए, तो फिर शायद कोई ज़ोरदार बम के धमाके से ही उसकी नींद में खलल पड़े। जैसे ही लाउडस्पीकर शोर उगलना शुरू करें, वह तकिया या तौलिया उठाकर अपने सिर के ऊपर रख लेता और फिर सो जाता। वह मुझसे ज़्यादा पहले से पीपलनगर में है, और लगातार बने रहने वाले शोर की मौजूदगी का आदी हो चुका है। इसके बावजूद हरकतों और मिज़ाज से वह शांत

किस्म का बंदा है, जबकि मैं ख़ामोशी को इतना पसंद करने वाला—एक बेढंगा और बातूनी इंसान हूँ।

सूरज को पता भी नहीं है कि उसके माता-पिता ज़िंदा हैं या नहीं। कुल सात साल की उम्र में वह उनसे बिछड़ गया था।

उसके पिता काश्तकार थे, सांवली रंगत वाले आदमी जिनके मन में क्या है, यह समझना नामुमकिन था क्योंकि वह बहुत कम बोलते थे और शायद उससे भी कम सोचते थे। उन्हें बस मोटे तौर पर इतना पता था कि उनका एक बेटा भी है—एक कमज़ोर सा लड़का जो इस हद तक अपनी मां पर गया था कि न सिर्फ़ उसके जैसा दिखता था, बल्कि उसकी तरह नदी के किनारे बैठकर न जाने क्या सोचने में समय गंवाया करता था, जब उसे खेतों में काम पर जुटे होना चाहिए था।

लड़के की मां बुझी-बुझी सी शांत औरत थी—कमज़ोर और मरियल सी। उसके पति को उसके ज़्यादा जीने की उम्मीद भी नहीं थी। शायद बेटे से बिछड़ने के ग़म ने उसके जीने की आस तोड़ दी थी—या शायद इसी उम्मीद में वह किसी तरह जी रही थी कि शायद उसे एक दिन अपना बेटा फिर मिल जाए।

सूरज अमृतसर के स्टेशन पर अपने माता-पिता से बिछुड़ गया था, जहां आने वाली रेलगाड़ियां सरहद पार से हज़ारों शरणार्थियों को उगलती जा रही थीं— या फिर लाशों से पटी और ख़ून से सनी रेलगाड़ियां स्टेशन पर सिर्फ़ कुछ ज़िंदा लोगों के साथ आकर ठहरती थीं।

सूरज और उसके माता-पिता की किस्मत अच्छी थी जो वह इस मार-काट से बचकर आ गये। अगर वह पहले वाली ट्रेन से आते (उन्होंने बेहद कोशिश की थी उसमें घुसने की) तो शायद बच ही न पाते, लेकिन उस वक़्त तो हालात ने उनका साथ दिया पर बाद में उन्हें छला।

नन्हा सा सूरज अपनी मां की साड़ी से लिपटा था, जो ख़ुद डरे-सहमे शरणार्थियों के हुजूम में कोहनियां मारकर रास्ता बनाकर चलते अपने पति से सट कर चल रही थी। सूरज ज़मीन पर पड़ी सुबकती हुई एक औरत

को पीछे मुड़कर देखने लगा था, कि तभी वह एक हट्टे-कट्टे सिख से टकराया और मां का आंचल उसके हाथों से छूट गया।

सिख की कमर से एक लंबी सी तलवार लटक रही थी, और सूरज फटी सी आंखों से उसे ताकने लगा, उसके लंबे बाल जो बिखर गये थे, खुली काली दाढ़ी, और उसके सफ़ेद कुर्ते पर पड़े ख़ून के धब्बे। उस सिख ने सूरज को एक तरफ धक्का देकर रास्ते के हटाया, और इसके बाद जब सूरज ने मां को ढूंढा तो वह कहीं नहीं दिखाई पड़ी।

मां की पुकार उसे ज़रूर सुनाई दे रही थीं- 'सूरज, बेटा सूरज, कहां है तू?' और सूरज ने भीड़ में उस तरफ़ बढ़ने की कोशिश भी की जिधर से आवाज़ आ रही थी, लेकिन भीड़ का सैलाब उसे अपने साथ दूसरी तरफ़ ले गया।

7

एक उम्र होती है जब लड़का बढ़ते हुए हरे गेंहू की बालियों सा होता है, तंदुरुस्त और पकने को तैयार, मर्द बनने की कगार पर। उसकी आंखों में एक अलग चमक होती है, दिमाग में फुर्ती और हाव-भाव में आत्मविश्वास। अलग ही समझ में आता है, आप धोखा नहीं खा सकते।

उससे ज़्यादा दिलकश उम्र कोई नहीं होती, जब एक लड़का मर्द बनता है—शारीरिक और मानसिक दोनों ही लिहाज से—दाढ़ी-मूंछें आती हैं, मांस-पेशियों में रवानी आ जाती है, और बड़े होने के साथ बदलाव आने का जो एहसास होता है, वैसा इतने कम वक़्त में न पहले हुआ होता है, और न ही बाद में होता है। बदन में मर्दानगी की लहरें हिलोरे लेती हैं, हर अगली लहर पिछले से बढ़कर उठती है, एक दूसरे को काटती लौटती है।

एक लड़की के लिए बचपन पीछे छोड़ जवानी की दहलीज़ पर क़दम रखना एक डरावना सा एहसास होता है जब उसके शरीर में हैरत में डालने वाले बदलाव होते हैं, लेकिन एक लड़के के लिए यह हर कदम आगे को बढ़ाने की, खुद पर भरोसा करने और एक टशन में रहते हुए दुनिया को

देखने की उम्र होती है। उसके शरीर में जो बदलाव हो रहे होते हैं, उनपर वह नाज़ करता है, वह ख़ुशी देते हैं।

सूरज में मुझे यही सब बदलाव होते नज़र आ रहे हैं। मुझे उससे कोई जलन नहीं होती, बल्कि उसकी ख़ुशी में मैं उसके साथ हूं, और ख़ुश हूं।

मेरी और सूरज की दोस्ती में किसी तरह का कोई दुराव-छिपाव नहीं था। हम मन की बात करते थे, तो तन की भी बात करने से नहीं झिझकते थे, और एक-दूसरे की समस्याओं की आपस में खुलकर चर्चा किया करते थे, क्योंकि समस्याएं हर किसी की वास्तव में एक सी ही होती हैं।

वह ख़ूबसूरत था, लेकिन उसकी ख़ूबसूरती की उम्र छोटी थी, जो झट आई और झट चली गयी, एक उदास सी ख़ूबसूरती। कभी-कभी तो उसकी पीली पड़ती दुबली-पतली बांहों और टांगों को देखकर मैं भी दुःखी हो जाया करता था। उसकी आंखों में झांकना तकलीफदेह था। उसकी आंखों में मौत नज़र आती थी।

उसने मुझे बताया कि वह औरतों से घबराता है, साथ ही लगातार एक औरत की ज़रूरत भी महसूस करता रहता है, लेकिन जैसे ही कोई औरत उसके क़रीब आती है, उसकी सारी मर्दानगी न जाने कहां उड़नछू हो जाती है, और उसे ऐसा लगता है जैसे वह हिजड़ा हो।

मैंने उसे बताया कि हर औरत हर आदमी के लिए नहीं बनी होती, और भरोसा दिलाया कि मैं उसके लिए एक ऐसी लड़की ढूंढ निकालूंगा जिसके साथ वह ख़ुश रह सकेगा।

वह लड़की थी कमला, सेठ गोविंद राम की कृपा से चलने वाले घर की बेहद स्नेही सदस्य। देखने में छोटी और नाज़ुक सी, लेकिन साथ रहने वाली दूसरी संगी-साथिनों के मुकाबले प्यार करने की कला में कहीं ज़्यादा माहिर। वह सहनशील थी, और कम उम्र के अनाड़ी लोगों को ज़्यादा पसंद करती थी। ख़ुद भी कुल बाईस-तेईस साल की होगी, लेकिन धंधे में चार साल पुरानी।

~

कमला के हाथ और पांव लुभावने थे। यह भी अपने आप में बड़ी संतोषजनक बात होती है। अगर हाथ-पैर बदनुमा हों तो ख़ूबसूरत चेहरा देखकर भी मैं ठंडा पड़ जाता हूं। शायद मेरे साथ यह एक किस्म का लोचा ही है।

कमला मुझसे पहली बार तब मिली जब मैंने बस स्टैंड के ऊपर वाला कमरा किराये पर लिया। मैं ज़ीने पर चढ़ने जा रहा था, और वह एक सीढ़ी पर बैठी खरबूज़ा खा रही थी। उसने मुझे देखा तो मुस्कराकर एक फांक मेरी तरफ़ बढ़ाई।

'आप खरबूज़ा खाओगे, भाई साहब?' उसने पूछा। उसकी आंखों में शरारत और आवाज़ में ऐसी कशिश थी कि मुझसे न नहीं किया गया, और मैंने हाथ बढ़ाकर खरबूज़े की फांक उसके हाथ से ले ली।

'बैठो,' वह सीढ़ी के पत्थर पर हाथ से हल्की सी थपकी देते हुए बोली। मैंने इससे पहले ऐसी मिलनसार और सीधी बात करने वाली लड़की नहीं देखी थी। उसके बगल में बैठते ही मुझे उसकी उस मुस्कान का रहस्य पता चल गया। उसके होठों के क़रीब दाहिने गाल पर पुराना कटे का निशान था और जब वह मुस्कराती थी तो वहीं गड्ढ़ा पड़ जाता था।

'तुम कुछ काम नहीं करते क्या?' उसने पूछा।

'मैं कहानियां वग़ैरह लिखता हूं,' मैंने कहा।

'ये भी कोई काम है?'

'हां, मेरा तो गुज़ारा ही इससे होता है।'

'दिखाओ तो ज़रा?' उसने मांग की।

मैंने उसे एक पत्रिका लाकर दिखाई और उसे दिखाते हुए एक-एक करके पन्ने पलटने लगा। उसे थोड़ा बहुत पढ़ना आता था, बशर्ते ज़्यादा कठिन शब्द न हों। लेकिन वह मेरी कहानी तक नहीं पहुंच पायी, क्योंकि उसका ध्यान पत्रिका में छपी एक लड़की की तस्वीर पर टिक गया जिसके बाल लड़कों जैसे छोटे-छोटे कटे थे।

'क्या यह लड़की है?' उसने पूछा, और मेरे हामी भरने पर बोली—'लेकिन इसके बाल, ऐसे कैसे हैं?'

'यह तो नया चलन है,' मैंने सफ़ाई देते हुए समझाया। 'हज़ारों औरतें हैं जो अपने बाल इस तरह के रखती हैं। कम से कम एक साल पहले तक तो ऐसा ही था।' मैंने पत्रिका के अंक पर छपी तारीख को ध्यान में रखते हुए कहा।

'क्या आसानी से ऐसे कट जाते हैं बाल?'

'हां, कैंची लो और तब तक काटते रहो जब तक वैसे छोटे और बेतरतीब न हो जाएं जैसे तुम्हें चाहिए।'

'मुझे तो ऐसे बाल कटवाने हैं। तुम काट दो। मैं कैंची लेकर आती हूं।'

'नहीं, नहीं!' मैंने कहा। 'तुम ऐसा मत करो वरना तुम्हारे घरवाले परेशान हो जाएंगे।'

उसने अपना नंगा पैर ज़मीन पर ज़ोर से पटका। 'मेरा कोई परिवार नहीं है, नादान आदमी! मेरा पति है, जो तभी ख़ुश होता है जब दूसरे मुझपर रीझते हैं। सींकिया सा है, और उसका बदन लहसुन सा महकता है। अपनी उम्र से आधी उम्र की बीवी पाने के लिए उसने मेरे बाप को पांच एकड़ ज़मीन दी है। लेकिन मैं तो असल में सेठ गोविंद राम की हूं, मेरा पति तो बस सेठ जी का नौकर है।'

'यह सब तुम मुझे क्यों बता रही हो?'

'क्यों न बताऊं?' उसने मुझे ऐसे घूरा जैसे डराना चाहती हो। 'तुम मुझे पसंद करते हो न...नहीं करते क्या?'

'हां, हां... बिलकुल, पसंद करता हूं,' मैंने सकपका कर उसे भरोसा दिलाया।

~

मुझे लगता है कि परिवार के नाम से ही मुझे नफ़रत हो गयी है। उनका एक-दूसरे पर भरोसा, एक दूसरे पर निर्भरता का भाव मेरे अंदर खीझ पैदा करता है। हर परिवार के लिए मैं बाहरी व्यक्ति होता हूं, क्योंकि मेरा कोई

परिवार नहीं है। जिस आदमी का परिवार नहीं होता समाज में उसकी जगह बहुत कुछ उस अपराधी जैसी होती है जिसे तड़ीपार किया गया हो। उसकी किसी बात पर कोई भरोसा नहीं करता, यहां तक कि उसकी पहचान को भी नकारा जाता है। किसी की पहचान उसके पिता और उनकी जायदाद से होती है। उसकी मां के साथ भी यही है, उनके परिवार की पहचान भी उनके पिता से होती है।

एक तरफ़ तो मैं इस बात से ख़ुश रहता हूं कि मैं किसी परिवार का हिस्सा नहीं हूं, दूसरी तरफ़ मुझे इसी बात का ग़म भी है, क्योंकि इस देश में अगर आप किसी परिवार का हिस्सा नहीं हैं, तो आपको पहाड़ी नदी के सैलाब के साथ बहने वाले लट्ठे से ज़्यादा कुछ नहीं समझा जाता। तो इस तरह अलग-अलग धाराओं के साथ बहकर आये दो लट्ठे धाराओं के मिलने पर एक ओर तब तक बहते हैं जब तक कि उनमें से कोई उल्टी धारा में फंसकर किसी दूसरी ओर नहीं चला जाता।

यह बात मेरे ऊपर भी लागू होती है। जब तक हालात गवारा करें मुझे भी किसी के साथ लटक लेना चाहिए।

हम दोनों का अपना कोई परिवार था नहीं इसलिए रक्षा-बन्धन के त्योहार पर जब कमला ने हमें अपना भाई बना लिया तो थोड़ा अजीब-सा लगा, पर साथ ही यह बात दिल को छू गई।

उस दिन कमला का रात के बजाय सुबह आना बिलकुल अनोखी बात थी, और तब हम और भी चक्कर में पड़ गये जब हमने पाया कि वह हमारे साथ बहन का रिश्ता रखना चाहती है।

उसने चमकीले धागे वाली राखी हमारी कलाइयों पर बांधी, तो मैंने कहा– 'कमला, हमें तुम्हारे भाई होने पर गर्व है, और हम तुम्हें कोई अच्छी सी चीज़ देना चाहते हैं, लेकिन इस समय हमारे पास पैसे बिलकुल नहीं हैं।'

'मुझे तुम्हारे पैसे नहीं चाहिए, बस तुम मेरी रक्षा करो यही बहुत है,' कमला ने कहा। 'मैं बस यह महसूस करना चाहती हूं कि मैं दुनिया में अकेली नहीं हूं।'

तो इस तरह हम दो से तीन हो गये। लेकिन इसे हम परिवार तो नहीं कह सकते!

~

कमला हफ़्ते में यही कोई एक बार हमसे मिलने आया करती, जब कभी उसे अपने काम-धंधे से फ़ुरसत मिलती थी।

मुझे लगता कि उसे मुझसे ज़्यादा सूरज अच्छा लगता था। वह शरीफ भी था और देखने में अच्छा भी, और शायद मेरी तरह कमला को भी लगता था कि वह ज़्यादा दिन नहीं जियेगा। वह कम समय में उसे अपनी तरफ़ से जितना कुछ हो सके दे देना चाहती थी।

उसकी मौजूदगी में सूरज कुछ शर्माया सा रहता था। पहले मुझे लगा कि ऐसा मेरे वहां होने की वजह से है, लेकिन जब मैंने वहां से जाना चाहा तो उसने इसका विरोध किया। उसने मुझे बताया कि अगर मैं सारा सनय वहां न रहता तो वह ख़ुद को पूरी तरह से बेसहारा महसूस करता।

8

एक रात मैं और सूरज चायवाले के यहां बैठे थे। ज़्यादातर ग्राहक बाहर बेंच पर बैठे थे, जहां वह चायवाले की बातें भी सुन सकते थे, जो अपने किस्सों के लिए मशहूर था। दुकान के बाहर ज़मीन पर एक गठीला नौजवान बैठा था, जिसका सिर घुटा हुआ था। वह बोल नहीं पाता था, और लोग उसे गूंगा कहकर पुकारते थे, और अकसर वहां आने वाले उसका मज़ाक उड़ाया करते थे, और कभी-कभी तो उसकी चांद पर चपत भी लगा देते थे। गूंगा इस सब का बुरा नहीं मानता था, ज़्यादा से ज़्यादा वह बुरा सा मुंह बना लिया करता था। और लोगों की बातों पर कुछ उल्टा-सीधा बड़बड़ाने लगता था। वह एक ही शब्द बोल पाता था—'गू,' —और यह शब्द वह अकसर बोला करता था। इससे ग्राहकों को हँसने के और मौके मिल जाया करते थे।

जब उसने मेरे साथ सूरज को दुकान के अंदर जाते देखा तो बोला-'गू।' फिर उसने हमारी तरफ हाथ से इशारा किया, और अजीब सी आवाज़ें निकालने के साथ फिर बोला—'गू।'

सब हँस पड़े। बेंच से एक ग्राहक उठा और गूंगे के गंजे सिर पर एक तमाचा जड़ दिया। गूंगा अपने हलक से अजीब आवाज़ें निकालता हुआ उसकी तरफ़ लपका, लेकिन तभी किसी ने उसके टंगड़ी मार दी और वह ज़मीन पर चित गिर पड़ा। और ठहाके गूंज उठे।

हम अंदर की एक मेज़ पर बैठे थे। सभी चाय पी रहे थे गूंगे के सिवा।

'गूंगे को एक गिलास चाय देना,' मैंने चायवाले से कहा। चायवाला हँस दिया लेकिन उसने गूंगे को चाय भी दे दी। गूंगे ने मेरी ओर देखा और बोला– 'गू।'

जब हम दुकान से उठे तब हमारे ऊपर साथ-साथ चल रहा बड़ा पूर्णिमा का चांद तारों की चमक को हर ले रहा था। हम मैदान की ओर जा रहे थे, उधर ही मेरा कमरा भी था। दुकानें बंद हो चुकी थीं और बाज़ार में सन्नाटा छा गया था। किसी के चलने की आहट से मुझे अचानक लगा कि कोई मेरे पीछे-पीछे आ रहा है। मैंने चलते-चलते घूमकर देखा तो गूंगा था।

मेरे देखते ही बोला–'गू।'

'तुम्हें उसको चाय दिलाने की क्या ज़रूरत थी?' सूरज ने कहा। 'अब शायद उसे लग गया है कि हम अमीर हैं, और अब यह हमारा पीछा नहीं छोड़ेगा।'

'वह हमें कोई नुकसान नहीं पहुंचा सकता। मैंने कहा, जबकि अब मैं पहले से ज़्यादा तेज़ क़दमों से चलने लगा था। 'हम ऐसा जताने की कोशिश करेंगे कि हम मैदान में सोने जा रहे हैं, तब शायद हमें लेकर इसका वहम दूर हो जाएगा।'

'गू,' पीछे से गूंगे की आवाज़ आयी, और हमने देखा कि उसने भी अपने क़दम तेज़ कर दिये थे।

हम अचानक एक गली में मुड़ गये, उससे पीछा छुड़ाने की कोशिश में, लेकिन वह हमारा पीछा करता रहा, ख़ुद से ही कुछ बड़बड़ाता हुआ। फिर हम मेन रोड पर निकल आये, लेकिन वह घंटाघर पर भी हमारा पीछा कर रहा था। जहां से मैदान शुरू होता है, वहां पहुंचने पर मैंने घूमकर कहा–

'भाग जाओ, गूंगे। हमारे पास ज़्यादा कुछ नहीं है, और हम तुम्हारे लिए कुछ नहीं कर सकते। भाग जाओ।'

लेकिन वह लड़का टस से मस नहीं हुआ, कदम आगे बढ़ाते हुए बोला—'गू।' उस वक्त उसकी घुटी हुई चांद चांदनी में चमक रही थी। उसके इस रवैये पर कंधे उचकाकर, मैं सूरज को साथ लिए मैदान में घुस गया। गूंगा मैदान के किनारे पर ही ठहर गया था—सिर हिला-हिला कर अपने आप से ही कुछ बुदबुदाता रहा। चीथड़ों के बीच से उसका शरीर नज़र आ रहा था, और उसके पैर कीचड़ से सने थे। वह हमें घास में चलकर मैदान के दूसरी तरफ़ जाते देखता रहा, और जब हम एक बेंच पर बैठ गये, तब उसने अपने कंधे उचकाए और 'गू' कहकर वहां से चला गया।

~

भिखारियों की जमात लगातार बढ़ती ही जा रही है, और उस दिन मुझे ज़रा भी हैरत नहीं हुई जब मुझे पता चला कि नगर पालिका ने भीख मांगने पर टैक्स लगाने की सोची है।

मुझे पता है कि कुछ भिखारियों की आमदनी आमतौर पर एक चपरासी या बाबू से ज़्यादा होती है। मुझे पक्के तौर पर पता है कि एक पैर वाला वह आदमी जो मेरे पीपलनगर आने के बहुत पहले से यहां बैसाखियों के सहारे चल रहा है, हर महीने मनी ऑर्डर घर भेजता है। भीख मांगना पेशा बन गया है, इसलिए नगर पालिका ने इसपर टैक्स लगाने के बारे में ठीक ही सोचा है, और फिर नगर पालिका की झोली में भी तो लगातार कुछ आता रहना चाहिए।

वो झबरा सा गणपत राम, जिसकी कमर इतनी झुकी है कि दोहरा सा रहता है, सीधा नहीं खड़ा हो सकता, उसे नगरपालिका की भिखारियों से टैक्स वसूलने वाली बात बड़ी बुरी लगी। उसने मुझे खुद बताया। 'अगर मुझे पता होता कि ऐसा होने वाला है, तो मैं कोई दूसरा काम करता,' वह बड़बड़ाया।

गणपत राम कुछ कुलीन किस्म का भिखारी था। मैंने सुना था कि कभी उसके पास भी ज़मीन-जायदाद थी, कई मकान थे, और यूरोपियन बीवी थी। जब उसकी बीवी सारी दौलत समेटकर वापस यूरोप खिसक ली, तो गणपत राम को ऐसा धक्का लगा कि उसकी मानसिक स्थिति गड़बड़ा गयी, और वह उस सदमे से कभी नहीं उबर पाया। उसकी सेहत लगातार बिगड़ती चली गयी, और आखिरकार वह बिना छड़ी के सहारे चलने-फिरने लायक भी नहीं रहा। उसने कभी सीधे तौर पर पैसे के लिए हाथ नहीं फैलाये, बल्कि वह अच्छे से दुआ-सलाम करता, मौसम के बारे में बात छेड़ता या महंगाई का ज़िक्र करता, और आपके नज़दीक डटा रहता।

मुझे उसकी कहानी में कुछ न कुछ तो सच ज़रूर नज़र आता था, क्योंकि जब कभी वह किसी ठीक से कपड़े पहने शख़्स के पास होता, तो फर्राटेदार अंग्रेज़ी में बात किया करता था। उसकी दाढ़ी सफ़ेद थी, और उसकी आंखों में एक अलग चमक नज़र आती थी। वह उन भिखारियों जैसा नहीं था जो देवी-देवताओं के नाम पर या दया की गुहार लगाते हुए भीख मांगते हैं। इसके बजाय गणपत बढ़िया चुटकुले से काम लेता था। कुछ लोग कहते थे कि वह पुलिस का आदमी है और रूप बदल कर रहता है, और अपने काम से इतना गहरा जुड़ा है कि शायद अगले पांच साल तक भिखारी बना रहे।

मुझे नहीं पता कि अंधा भिखारी कितना अंधा था, क्योंकि जब मैं उसकी तरफ़ से निकलता तो वह मुझे हमेशा पहचान जाया करता था, चाहे उस वक़्त वह अकेला ही क्यों न हो। वह मेरे लिए दुआएं और बददुआएं किया करता था, उस वक़्त के हालात के मुताबिक। मुझे यह अंधा बिलकुल नहीं सुहाता था, क्योंकि वह अपने अंधे होने का कुछ ज़्यादा ही फ़ायदा उठाता था। उसके पास दूसरे अंधे लोगों के लिए काम करने का मौका था, लेकिन वह भीख ही मांगता रहा क्योंकि उसे इसी में ज़्यादा फ़ायदा नज़र आया। जो लड़का उसके साथ शहर में फिरा करता था वह मुझसे भीख मांगने के बजाय कहता था—'तुम्हारे पास इकन्नी है?' जैसे वह सिर्फ़ पैसे उधार मांग रहा हो, या जैसे उसे बस कुछ देर के लिए यह पैसे चाहिए।

वह था बड़ा मिलनसार, और एक बार तो मेरे कमरे तक चला आया, मेरा हालचाल जानने के लिए। वह मेरे सुख-दुःख का कुछ ज़्यादा ही ध्यान रखता था। अगर वह मुझे सड़क पर सौ क़दम दूर से भी देख लेता, तो भी दौड़ कर मेरे पास आता मेरा हालचाल जानने, और अपने उधार मांगने वाले अंदाज़ में एक आना लेने। उसकी शक्ल से मक्कारी टपकती थी, चेहरा तंदुरुस्त था, और वह ज़्यादा कुछ नहीं, बस एक लंबा और गंदा सा लबादा पहने रहता था। भीख मांगने पर टैक्स से उसे कोई लेना-देना नहीं था, वह तो अंधे का सिरदर्द था।

सच तो यह है कि टैक्स से लड़कों को कोई फ़र्क ही नहीं पड़ रहा था, क्योंकि उनके लिए भीख मांगना समय बिताने का एक तरीका था, न कि धंधा। लड़कों की बड़ी-बड़ी पनीली आंखें देखकर किसी के लिए भी उन्हें न कहना मुश्किल होता था।

'मेरे पास रेज़गारी नहीं है,' मैं कहता।

'मैं तुड़ा लाता हूं तुम्हारा नोट,' वह कहता।

'नोट नहीं, पचास पैसे का सिक्का है।'

'फिर तुड़वाने की क्या ज़रूरत है? मुझे दे दो, और मैं फिर तुम्हें पूरे हफ़्ते परेशान नहीं करूंगा।'

'बड़ी मेहरबानी करोगे।' लेकिन अगर मैं उसे दो आने भी दे दूं, तो भी जब उसे मौका मिलेगा वह मेरी जेब से कुछ न कुछ निकलवाने से बाज़ नहीं आयेगा। एक समय था जब भिखारी एक या दो पाई मांगते थे, लेकिन इन दिनों गुज़ारा करना इतना महंगा हो गया है कि वह कभी एक आने से कम तो मांगते ही नहीं हैं।

शुक्रवार का दिन कोढ़ियों का दिन होता है। रेलवे स्टेशन के उस तरफ़, शहर से बाहर निकलते ही थोड़ी दूर पर मच्छरों से भरी कीचड़ वाली खाई के किनारे, कोढ़ियों की बस्ती है। कोढ़ी सप्ताह में एक बार पीपलनगर में भीख मांगने के लिए आते हैं, तो छोटे-छोटे दल बनाकर शहर भर में घूमते हैं और थोड़े भी दौलतमंद दिखने वाले लोगों से कुछ दान करने की गुहार

लगाते हैं जो कि पीछा छुड़ाने के लिए ही सही कुछ दे देते हैं। (वैसे, उनसे लोगों को छूत लगने का सचमुच ख़तरा रहता है, लेकिन नगर पालिका के अधिकारी अगर कोढ़ियों को भीख नहीं मांगने देंगे, तो उन्हें ही कोढ़ियों की ज़रूरतों का ध्यान रखना पड़ेगा, जो कि, ज़ाहिर है, काफ़ी महंगा पड़ सकता है।)

कोढ़ियों की बस्ती की कुछ लड़कियों के चेहरे अच्छे हैं, लेकिन उनके हाथ मुरझाए हुए डंठल जैसे थे, या उनकी बाहें और टांगें कोढ़ की खायी हुई थीं। जो उम्र में बड़ी थीं, वह अपने नाक-कान गंवा चुकी थीं, और कई आदमियों के हाथ या पैर पूरे के पूरे गल चुके थे। ज़्यादातर रोगी पहाड़ी इलाकों से थे, जहां अब भी काफ़ी लोग यही मानते हैं कि कोढ़ पिछले जन्म में किये गये पापों की सज़ा है, और इसीलिए इस बीमारी की चपेट में आने वाले से उसके परिवार वाले ही रिश्ता तोड़ लेते हैं और कई बार घर से निकाल देते हैं। तब यह लोग शहर चले जाते हैं और रोज़ी-रोज़गार पाने की नीयत से अपनी बीमारी की बात दूसरों से छुपाते हैं, और जब वह छुपाने लायक नहीं रहती, तब इलाज करवाना शुरू करते हैं, लेकिन तब तक बहुत देर हो चुकी होती है। चंद लोग जो अस्पतालों तक पहुंचते हैं वह अमूमन सैनिक या पुलिसकर्मी होते हैं जिनकी देखरेख सरकार के ज़िम्मे होती है, या फिर कुछ ऐसे लोग होते हैं जिनके परिवारों ने उन्हें नहीं छोड़ा होता।

लेकिन भिखारियों पर लगने वाले टैक्स से उन्हें भी फ़र्क नहीं पड़ता। उसका मक़सद है उन पेशवर भिखारियों पर लगाम कसना जिन्होंने पिछले कुछ सालों में भीख मांगने को धंधा बना लिया है। एक अफ़वाह यह उड़ी कि एक भिखारी दिन भर सड़क किनारे भीख मांगने के बाद शाम को टैक्सी रोकता है, और उसमें बैठकर शहर के बाहर की ओर अपने घर चला जाता है। और जब कुछ महीने पहले यह ख़बर फैली कि पीपलनगर बैंक दिवालिया होने वाला है, तब एक भिखारी जिसे पहले कभी अपने पैरों पर खड़े नहीं देखा गया था, वह तेज़ी से दौड़ता हुआ बैंक जा पहुंचा। पेशेवर भिखारी आमतौर पर वह हैं जो या तो अपाहिज हैं या गंभीर चोट के शिकार। कुछ ने तो खुद को चोट लगा ली है, जबकि कुछ दूसरे ऐसे हैं जिन्होंने अपनी

जवानी के दिनों में मन लगाकर भीख मांगने की कला को सीखा है। कुछ भिखारी सचमुच में भीख मांगने को मजबूर हैं, लेकिन वह अकसर बढ़चढ़ कर भीख नहीं मांगते, जिसका नतीजा यह है कि उन्हें कम मिलता है। कुछ ऐसे भी हैं जो गाकर लोगों की जेब से पैसा निकलवाते हैं, और इनमें से जो बहुत बुरा नहीं गाते उन्हें मैं भिखारी नहीं मानता।

तो जब नगर पालिका ने भीख मांगने पर टैक्स लगाने का फ़ैसला किया, तब उनका एक जगह इकट्ठा होना देखने लायक था। उनके हुजूम को देखकर किसी को भी लग सकता था कि उनका संगठन होगा। करीब सौ-एक भिखारियों ने चौड़ी सड़क पर जुलूस निकाला और बैनर लेकर नारे लगाते हुए अधिकारियों की मनमानी के चलते भिखारियों की जमात के साथ हुई नाइंसाफ़ी का विरोध करते नगर पालिका के दफ़्तर तक गये। वह छड़ी के सहारे चल रहे थे, या अपनी गाड़ियों पर थे, गूदड़ पहने, कुछ नंगे-उघार भी, और वह दो घंटे तक नगर पालिका के दफ़्तर के बाहर जमे रहे और वहां के कर्मचारियों और दफ़्तर की इमारत में आने-जाने वालों को उलझन और शर्मिंदगी का एहसास कराते रहे।

आख़िरकार, अंदर से किसी ने आकर उन्हें बताया कि यह महज़ एक अफ़वाह थी, और ऐसा कोई टैक्स भिखारियों पर लगाने की बात नहीं सोची गयी है, क्योंकि दूसरी किसी वजह के अलावा इसे अंजाम देना नामुमकिन सा होगा। इसलिए सारे भिखारी अपने-अपने घर जा सकते हैं और अपनी दौलत अपने पास इकट्ठी करते रह सकते हैं, अधिकारियों की किसी भी तरह की दखलअंदाज़ी के डर के बिना।

भिखारी जीत दर्ज करने वाले अंदाज़ में वहां से लौटे। ऐसा लग रहा था जैसे उन्हें कोई नैतिक विजय मिली हो, और उन्हें इस बात का भी एहसास हो गया कि मिलकर किये गये काम में जीत हासिल होती है। फिर उन्होंने अपना संगठन भी बना लिया और अब बाकायदा भिखारी यूनियन है। यूनियन की तरफ़ से भिखारियों के अलग-अलग इलाके तय कर दिये गये हैं, और यूनियन की बात न मानने वाले की ख़ैर नहीं। यह भी सुना गया है कि वह भीख देने से इनकार करने वालों के घरों के बाहर प्रदर्शन भी करेंगे!

लेकिन मेरे अपने भिखारी, बुढ़ऊ गणपत राम और वह लड़के भिखारियों की बढ़ती ताकत का फ़ायदा नहीं उठाते। वह मेरे साथ पहले की ही तरह अपनेपन और इज़्ज़त के साथ पेश आते हैं। वह मुझे उन लोगों में से एक नहीं समझते जिनकी जेब से पैसे निकलवाने के लिए उन्हें डराना-धमकाना पड़ता है। वह तो मुझे एक दोस्त की तरह समझते हैं जिससे कभी भी छोटा-मोटा उधार लिया जा सकता है, जिसे चुकाने की कोई जल्दी भी नहीं होती।

9

'क्या मुझे दिल्ली जाना चाहिए, सूरज?'

'क्यों नहीं? तुम हमेशा दिल्ली जाने के बारे में बात करते हो। तुम्हें जाना चाहिए।'

'मैं तुम्हें भी अपने साथ ले जाना चाहता हूं। शायद वहां तुम्हारे दौरों का भी इलाज हो सके।'

'अभी नहीं। मेरे इम्तिहान हो जाएं...।'

'फिर मैं भी इंतज़ार करूंगा।'

'अगर दिल्ली में रोज़ी-रोज़गार का कोई मौका हो तो अभी चले जाओ।'

'कुछ भी पक्का नहीं है। लेकिन मुझे पता है कि वह मौका तब तक नहीं आयेगा जब तक कि मैं यहां से जाकर अपने लिए मौके नहीं तलाशता। एक-दो संपादक हैं जिन्होंने कहा है कि मैं उनसे मिलूं। वह मुझे कुछ काम दे सकते हैं। और अगर मुझे कोई ईमानदार प्रकाशक मिल जाता है तो मुझसे एक अच्छी-सच्ची किताब भी लिखवाई जा सकती है।'

'किताब तो तुम ज़रूर लिखो, चाहे प्रकाशक मिले या नहीं।'

'मैं कोशिश करूंगा।'

हमने तय किया कि हम उसकी मामूली सी कमाई और अपने भूले-भटके मनी ऑर्डर से आने वाले अपने भुगतान में से कुछ बचाएंगे। आख़िर मुझे दिल्ली जाने के लिए कुछ रक़म तो चाहिए ही होगी। इसके अलावा कभी-कभी दवाओं की भी ज़रूरत पड़ ही जाती है, और हमारे पास सर्दियों के लिए गर्म कपड़े भी नहीं हैं। एक हफ़्ते तो हम पूरे बीस रुपये बचाकर अलग रखने में कामयाब हो गये, लेकिन अगले ही हफ़्ते हमें वह रुपये निकालने पड़े क्योंकि पीतांबर को अपना रिक्शा ठीक करवाने के लिए उधार चाहिए था। उसने तीन किस्तों में रक़म वापस की, जो कि तमाम छोटे-मोटे खर्चे पूरे करने में उड़ गयी।

पीतांबर, दीप चंद, रामू और अज़ीज़ सभी के दिल्ली जाने की अपनी योजना है। सिर्फ़ कमला को हाल-फ़िलहाल ऐसा करने की कोई ज़रूरत नज़र नहीं आती। वह औरत थी, और कोई मर्द नहीं था उसके साथ।

दीप चंद दिल्ली में अपनी नाई की दुकान के सपने संजोता था। पीतांबर अपना स्कूटर-रिक्शा ख़रीदना चाहता था क्योंकि उसमें जिस्मानी मेहनत नहीं लगती और कमाई भी ज़्यादा होती है। रामू के एक सौ एक सपने थे, जो सभी ख़ूबसूरत औरतों के इर्द-गिर्द बुने हुए थे। बड़ा ही प्यारा लड़का था, बस अक्ल से ज़रा कमज़ोर, पर स्वभाव से बहुत अच्छा।

एक बार जब सड़क पर मारपीट में उसकी बाजू में चाकू का चीरा लग गया था, तब वह मरहम-पट्टी के लिए मेरे पास आया था। अगर अस्पताल जाता तो मामले की पुलिस में रिपोर्ट करनी पड़ती। मैंने उसका घाव धोया और ख़ून बहने से रोकने के लिए उसपर बेंज़ीड्रीन डाल दी और बाजू पर जैसे-तैसे पट्टी बांध दी। इसके लिए वह बड़ा शुक्रगुज़ार था और मुझे इनाम में मिली उसकी ज़िंदगी की दास्तान। उन तमाम निराश नारियों की कथा थी वह जिन्हें रामू ने एक से बढ़कर एक अनोखे तरीके से फुसलाकर, सिर्फ़ एक-एक बार उनके साथ सोने के बाद उन्हें छोड़ दिया था। रामू इस

बात की शेखी बघारता था कि वह किसी एक औरत के पास दोबारा नहीं गया।

यह सब मौज-मस्ती में बोला गया झूठ होता था, क्योंकि यह जगज़ाहिर था कि रामू जैसे लड़कियों को छेड़ने वाले ने कभी सुडौल से टखनों से ज़्यादा कुछ नहीं देखा होगा। लेकिन रामू अपनी ख़याली करतूतों को सच मानता था, जो उसकी सोच के मुताबिक अपने आप में दंतकथाओं से कम नहीं थीं।

मैंने उससे नहीं पूछा कि उसकी बाजू में चीरा कैसे लग गया, क्योंकि मुझे मालूम है कि वह ज़रूर अपनी इज़्ज़त और किसी औरत की बेइज़्ज़ती से जुड़ी कोई शानदार कहानी गढ़ लेता। बाद में मुझे पता चला कि एक भाई ने अपनी बहन को बदनाम करने वाली अफ़वाहें फैलाने से बौखलाकर उसपर चाकू से वार किया था।

उस रात रामू मेरे कमरे पर ही सोया। बचपन की मीठी नींद। सूरज अपनी किताबें पढ़ता रहा, और कमला आयी और वापस चली गयी, जबकि रामू सपने देखता रहा। सुबह उसने हमें बताया कि उसने सपने में तीन स्तनों वाली औरत देखी।

10

‘देखो गणपत,’ एक दिन मैंने गणपत से कहा, ‘मैंने तुम्हारे बारे में बहुत सारी कहानियां सुनी हैं, लेकिन मुझे यह नहीं पता कि किसमें कितनी सच्चाई है? मुझे यह बताओ कि तुम्हारी कमर कैसे टेढ़ी हुई?’

‘इसके पीछे बड़ी लंबी कहानी है,’ वह बोला। मुझे उसमें दिलचस्पी है, इसी बात पर वह फूला नहीं समा रहा था। ‘और मुझे यह भी नहीं पता कि तुम विश्वास भी करोगे या नहीं। इसके अलावा, और किसी के साथ तो इतना खुलकर बात भी नहीं कर सकता।’

उसकी कहानी जानने की मेरी ललक बढ़ाने वाला काम कर दिया था उसने। मैं बोला—‘अगर तुम मुझे अपनी कहानी सुनाते हो, तो मैं तुम्हें चार आने दूंगा। कैसा रहेगा?’

उसने अपनी दाढ़ी पर हाथ फेरते हुए मेरी पेशकश पर ग़ौर किया। ‘ठीक है,’ धूप में ज़मीन पर कूल्हे टिकाकर बैठते हुए वह बोला, जबकि मैं नीची सी दीवार के सहारे खड़ा हो गया। ‘लेकिन यह बात बीस साल से भी ज़्यादा पुरानी है, तो तुम यह उम्मीद नहीं कर सकते कि मुझे सब

कुछ साफ़-साफ़ याद होगा।'

गणपत ने सुनाना शुरू किया—'उन दिनों मैं बिलकुल नौजवान था, और मेरी शादी बस हुई ही थी। कई एकड़ ज़मीन मेरे नाम थी, और अगर हम बहुत अमीर नहीं थे, तो ग़रीब भी नहीं थे। मुझे अपना माल मंडी ले जाना होता था, तो मैं बैलों को गाड़ी में जोतता और माल लादकर गांव के धूल भरे रास्ते से पांच किलोमीटर दूर मंडी पहुंच जाता। मुझे लौटते-लौटते रात हो जाती थी।

मेरे रास्ते में पीपल का एक पेड़ पड़ता था जिसके बारे में कहा जाता था कि उसपर भूत है। लेकिन भूत मुझे कभी नहीं मिला था, और न ही मैं भूत पर विश्वास करता था। लोग बताते थे कि उसका नाम बिप्पिन था, और उसे बहुत पहले कभी डाकुओं ने पीपल पर लटका कर फांसी दी थी। तब से बिप्पिन का भूत उसी पेड़ पर रहता था, और जो कोई डाकू जैसा दिखता था, उसपर कूदकर उसकी खूब पिटाई करने की उसकी आदत थी। मुझे लगता है कि मैं शक्ल से ज़रूर बेईमान लगता था, जो उस रात बिप्पिन का भूत मेरे ऊपर कूद पड़ा। पहले वह पेड़ से कूदकर सड़क के बीचोंबीच रास्ता रोक कर खड़ा हो गया।'

'अरे, तुम!' वह ज़ोर से चिल्लाया, 'उतर अपने छकड़े से। मैं तेरी जान लूंगा!'

'ज़ाहिर है, मैं भौचक्का रह गया, लेकिन मुझे लगा कि मैं इसकी बात क्यों मानूं।'

'मेरी अभी मरने की कोई इच्छा नहीं है,' मैंने कहा। 'तुम ख़ुद ही गाड़ी पर आ जाओ!'

'अरे यह तो मर्द की ज़ुबान बोलता है!' बिप्पिन चिल्लाया, और गाड़ी पर कूदकर मेरे बगल में आ बैठा। 'लेकिन मुझे यह तो बताओ कि तुम्हारी जान क्यों बख़्शी जाये?'

'क्योंकि मैं डाकू नहीं हूं,' मैंने जवाब दिया।

'लेकिन दिखते तो तुम डाकू जैसे ही हो। एक ही बात है।'

'अगर तुमने मुझे मार दिया तो बाद में बहुत पछताओगे। मैं एक ग़रीब आदमी हूं और मेरी बीवी भी है जिसकी ज़िम्मेदारी मुझपर है।'

'तुम्हारे ग़रीब होने की कोई वजह तो नज़र नहीं आती,' बिप्पिन ने गुस्से से कहा।

'अच्छा, तो तुम मुझे मालामाल करके दिखाओ, अगर कर सकते हो तो।'

'तो क्या तुम्हें लगता है कि मेरे पास तुम्हें मालामाल करने की शक्ति नहीं है? तुमने मुझे इसीलिए ललकारा है?'

'हां, मैंने तुम्हें इसीलिए ललकारा है कि तुम मुझे मालामाल कर दो,' मैंने कहा।

'तो गाड़ी हांको!' बिप्पिन चिल्लाया, 'मैं तुम्हारे साथ तुम्हारे घर चल रहा हूं।' 'मैं गाड़ी हांककर गांव तक ले आया, और बिप्पिन मेरे बगल में बैठा रहा।'

'मैंने ऐसा जादू किया है कि तुम्हारे अलावा कोई मुझे नहीं देख सकेगा। और दूसरी बात—मैं रोज रात को तुम्हारे बगल में ही सोऊंगा, और यह बात किसी को पता नहीं लगनी चाहिए। अगर तुमने मेरे बारे में किसी को बताया तो मैं तुम्हें फ़ौरन मार डालूंगा!'

'चिंता मत करो,' मैंने कहा, 'मैं किसी को नहीं बताऊंगा।'

'अच्छी बात है। अब बस मैं तुम्हारे साथ रहना चाहता हूं। उस पीपल के पेड़ में मुझे अकेलापन महसूस होने लगा था।'

'इस तरह बिप्पिन मेरे साथ रहने चला आया, और हर रात मेरे साथ, मेरे ही बिस्तर पर सोने लगा। हमारी अच्छी पटने लगी। वह सचमुच अपनी बात का पक्का निकला, और मेरे पास जहां कहीं से सोचा जा सकता था और जहां से नहीं सोचा जा सकता था, वहां-वहां से पैसा आने लगा। जल्दी ही और ज़मीन, और जानवर ख़रीदने की मेरी हैसियत हो गयी। किसी को मेरे और उसके साथ का पता नहीं था, लेकिन मेरे दोस्तों और रिश्तेदारों को यह ज़रूर लगता था कि इसके पास इतना धन आ कहां से रहा था। लेकिन रात को उसके साथ सोने से मना कर देने की वजह से मेरी बीवी परेशान थी। मैं अपनी बीवी को उसी बिस्तर में अपने साथ तो नहीं सुला सकता था, जिसमें मेरे बगल में एक भूत सोता हो, और बिप्पिन का मेरी

बगल में सोने पर पूरा ज़ोर था। पहले तो मैंने अपनी बीवी को बताया कि मेरी तबीयत ठीक नहीं है, इसलिए मैं बरामदे में सोऊंगा। फिर मैंने उसे बताया कि हमारी गायों पर किसी की नज़र है, और रात को उनपर नज़र रखना ज़रूरी है। बिप्पिन और मैं भूसे के छप्पर के नीचे सोने लगे।

मेरी बीवी रातों को उठकर चुपचाप मुझपर नज़र रखने लगी। उसे शक था कि मैं किसी और औरत के चक्कर में पड़ गया हूं। लेकिन उसने हमेशा मुझे गायों के पास अकेले लेटे हुए पाया। मेरे बदले हुए रंग-ढंग का राज़ समझ न पाने से परेशान होकर उसने अपनी परेशानी का ज़िक्र अपने मायके वालों से कर दिया। वह मेरे घर चले आये, और मुझसे तरह-तरह के सवाल करने लगे।

उधर मेरे अपनी तरफ़ के रिश्तेदार मेरी बढ़ती आमदनी का ज़रिया जानने के लिए हाथ धोकर मेरे पीछे पड़े थे। मेरे चाचा-बुआ और दूरदराज़ के ममेरे-फुफेरे भाई भी मेरे घर आ धमके, यह जानने के लिए कि मेरे पास इतना धन कहां से आ रहा है।

जब बहुत परेशान हो गया तब एक दिन खीजकर मैंने उनसे पूछा—'क्या तुम लोग चाहते हो कि मैं मर जाऊं? क्योंकि अगर मैं तुम्हें अपनी दौलत का राज़ बता देता हूं, तो ज़रूर मेरी जान जाएगी।'

लेकिन उन्होंने मेरी बात को हँसी में टाल दिया, क्योंकि उन्हें लग रहा था कि मैं बहाना बना रहा हूं। उन्हें लग रहा था कि मैं सबकुछ अपने पास ही रखना चाहता हूं। मेरी बीवी के मायकेवालों को तो पक्के तौर पर यही लग रहा था कि मुझे कोई और औरत मिल गयी है। आख़िरकार मैं इन तमाम रिश्तेदारों से इतना पररेशान हो गया कि मैंने सच उगल दिया।

उन्होंने सच को भी झूठ समझा। आख़िर कौन मेरे सच को सच मानता? लेकिन उन्हें कम से कम अब सोचने और बतियाने के लिए कुछ मसाला मिल गया था, और इस तरह मुझे उनसे छुटकारा मिला।

लेकिन उस रात बिप्पिन मेरे पास सोने नहीं आया। गायों के पास मैं अकेला पड़ा रहा। वह अगली रात भी नहीं आया। अब मुझे इस बात का डर लग रहा था कि कहीं वह मुझे रात को सोते वक़्त मार न डाले, लेकिन जब ऐसा कुछ नहीं हुआ तो समझ में आया कि बिप्पिन मुझे मेरे

हाल पर छोड़ कर अपने रास्ते चला गया है। मुझे अंदर ही अंदर लग गया था कि अब हो न हो, मेरी ख़ुशहाली के दिन बीत चले हैं, और इसलिए मैं फिर अपनी बीवी के साथ सोने लगा।

अगली बार जब मैं बाज़ार से गांव की ओर लौट रहा था तब बिप्पिन पीपल से कूदकर सामने आ गया।

'झूठे दोस्त! ...फ़रेबी!' मेरी गाड़ी रोकते हुए आगे बोला, 'मैंने तुम्हें वह सब कुछ दिया जो तुमने चाहा, फिर भी तुमने मुझे धोखा दिया!'

'मुझे माफ़ कर दो,' मैंने कहा। 'अगर चाहो तो मुझे मार डालो।'

'नहीं, मैं तुम्हारी जान नहीं ले सकता,' वह बोला। 'बहुत दिन हम दोस्त रहे हैं। लेकिन मैं तुम्हें गद्दारी की सज़ा ज़रूर दूंगा।'

इतना कहकर उसने एक मोटी लकड़ी उठायी, और मेरी पीठ पर तीन बार मारी। मेरी कमर झुक गयी।

'उसके बाद,' गणपत आगे बोला, 'बीस साल बीत गये, मेरी कमर फिर सीधी नहीं हुई। मैं कुबड़ा हो गया। मेरी बीवी मुझे छोड़कर अपने मायके चली गयी। मैं काम करने लायक नहीं रहा। मैंने गांव छोड़ दिया और पेट भरने के लिए भीख मांगता शहर दर शहर भटकता फिरा। इस तरह में पीपलनगर आ पहुंचा। मैंने तय किया कि अब मैं यहीं रहूंगा। यहां के लोग दूसरे तमाम शहरों के लोगों के मुकाबले दूसरे का दर्द ज़्यादा समझते हैं, शायद इसलिए क्योंकि उनके पास ख़ुद भी बहुत कुछ नहीं है।'

फिर वह मेरी तरफ़ देखकर मुस्कराया, और चार आने का इंतज़ार करने लगा।

'यह उम्मीद मत करना कि मैं तुम्हारी दास्तान को सच मान रहा हूं, लेकिन तुमने अच्छी कहानी गढ़ी, इसलिए, लो ये रहे तुम्हारे चार आने।'

'नहीं, नहीं! इन्हें अपने पास रखो!' बेइज़्ज़ती महसूस करते हुए वह सचमुच पीछे को हटा। 'अगर तुम्हें मेरी कहानी पर विश्वास नहीं है तो अपने पैसे अपने पास रखो। मैं चार आने के लिए तुमसे झूठ नहीं बोल सकता!'

लेकिन मैंने जब चौवन्नी उसकी हथेली में धंसाई तो उसने ले ली, और मुझे ख़ुश रहने की दुआ देता अपनी चाल आगे बढ़ गया।

11

पीतांबर एक जवान बब्बर शेर जैसा है। लंबे-लंबे झबरे बाल उसकी गर्दन तक लटकते रहते हैं, जबकि धूप से काले पड़ गये उसके बाकी शरीर पर न बाल हैं और न कपड़े। सिर्फ़ नेकर पहने डोलता रहता है। जब वह पीपलनगर के रास्तों पर अपनी रिक्शा चलाता है तब उसकी जांघों और पिंडलियों की पेशियां उभर-उभर आती हैं, और काले लोहे सी चमकती हैं।

उसने मोटे-मोटे बनियों और उनकी मोटी-मोटी बीवियों को अपने रिक्शे में बैठाकर यहां-वहां पहुंचाया है, जिसके ईनाम में मिली हैं ये ताक़तवर टांगें, मज़बूत रीढ़ और गड्ढेदार गाल। उसकी जांघों के क्या कहने, ठोस मांस-पेशियों के सिवा कुछ नहीं है उनमें, और फ़ालतू मांस या ज़रा सी चर्बी तक नहीं है। ऐसी लगती हैं जैसे शीशम की लकड़ी से गढ़कर चमकाया गया हो।

उसका चेहरा ज़रूर सूखा सा है। गालों की जगह गड्ढे हैं और आंखें भी गड्ढों में धंसी हुई हैं। कभी-कभी मुझे लगता है कि कहीं उसे भी पीपलनगर के तमाम दूसरे लोगों की तरह टीबी तो नहीं है। लेकिन उसकी आंखों में मुझे एक किस्म की आग सी नज़र आती है। वैसे भी, अकसर आप किसी

को सिर्फ़ ऊपरी तौर पर देखकर नहीं कह सकते कि वह बीमार है। कभी-कभी कमज़ोर लोग सालों-साल चल जाते हैं, तो कभी हट्टे-कट्टे लोग अचानक लुढ़क जाते हैं।

पीतांबर की एक अदद बीवी और तीन बच्चे हैं जो पीपलनगर से पांच मील दूर गांव में रहते हैं। उनके पास कुछ एकड़ ज़मीन है जिसमें वह लोग मक्के और गन्ने की खेती करते हैं।

एक दिन उसने मुझे अपने रिक्शे में बैठाया और हम दिल्ली जाने वाली सड़क पर चल पड़े। कुछ दूर जाकर उसने रिक्शे को सड़क से नीचे उतरने वाले डगरे पर उतार दिया और उस कच्चे रास्ते पर चलते-चलते हमारा रिक्शा उसके गांव पहुंच गया।

पीतांबर के गांव की इस यात्रा के बहाने मुझे पीपलनगर से कुछ समय के लिए छुटकारा पाने का रास्ता मिला। कुछ सप्ताह बाद मैंने सूरज को अपने इत्र—कंघे वाली ट्रे और किताबों को छोड़ पीपलनगर से बाहर घूम आने के लिए राज़ी कर लिया। हमने बस स्टॉप के पास से एक साइकिल किराये पर ली (उधार पर), और सूरज को आगे डंडे पर बैठाकर मैं साइकिल को पीपलनगर से बाहर ले चला।

तब मुझे ऐसा लगा जैसे मैंने कोई अहम खोज कर डाली हो, जब मुझे समझ में आया कि अगर मैं अपने पैरों पर ज़रा ज़ोर डालूं तो पीपलनगर से बाहर जा सकता हूं, और साइकिल के किराये के सिवा इस पर कोई ज़्यादा खर्च नहीं आता और न कुछ बलिदान करना पड़ता है।

गर्मी के दिनों की उस सुबह हम बमुश्किल दो मील चले होंगे कि हमारा पसीना चुहचुहाने लगा, लेकिन तभी कहीं से ठंडी हवा के झोंके आये और हवा की महक बताने लगी कि कहीं बारिश हुई है। जबकि अब तक आसमान में बादलों का कहीं नामोनिशान नहीं था।

जब डंडे पर बैठे-बैठे सूरज के पैर अकड़ने लगे, तब हम साइकिल से उतर कर सड़क के किनारे-किनारे चलने लगे।

'हम गांव न चलें,' सूरज बोला। 'किसी ऐसी जगह चलें जहां कोई

न हो। लोगों से मेरा मन भर गया है।'

साइकिल को साथ लिए हम सड़क छोड़ धान के खेतों के बीच एक पगडंडी पर आगे बढ़ने लगे। आगे वाले खेत में मक्के के कुछ ही दिनों के छोटे-छोटे पौधे थे। और वहां से हमें दूर एक टेढ़ा-मेढ़ा सा पुराना पेड़ नज़र आया जिसके पास एक कुआँ था।

मुझे उस पेड़ का नाम तो नहीं पता। मैंने उस किस्म का पेड़ पहले कभी देखा भी नहीं था। उसका तना और शाखाएं टेढ़े-मेढ़े थे जिनपर मोटे और चौड़े पत्ते भी कुछ वैसे ही टेढ़े-मेढ़े से थे। पत्ते उन पत्तों जैसे मोटे थे जिन पर बाज़ार में खाने की चीज़ें देते हैं। पेड़ के तने में एक बड़ा सा मोखला था, और जब उसके नीचे पहुंचकर हमने साइकिल को स्टैंड पर खड़ा किया तो उससे ज़ोर की आवाज़ होने पर दो तोते उस मोखले में से निकले और नीचे को गोता लगाकर लहराते हुए उड़ान भरते खेतों के पार चले गये।

कुएँ के आसपास घास उगी हुई थी, लेकिन चरने वाले जानवरों ने उसे कुतर रखा था। हम वहीं पेड़ की छाया में बैठ गये, और सूरज ने वह लाल गमछा खोला जिसमें उसने खाना बांध रखा था।

हमने मसालेदार सब्ज़ी के साथ रोटियां खायीं, और इस बीच तोते भी पेड़ पर वापस लौट आये।

'हम हर सप्ताह यहां आया करेंगे, ठीक है,' सूरज ने घास पर पसरकर अपना सिर मेरे कंधे पर टिकाते हुए कहा।

आलस भरा दिन था; हवा में ख़ूब नमी थी, और लेटते ही सूरज को नींद आ गयी। मैंने भी घास पर टांगें सीधी करके आंखें बंद कर लीं, लेकिन मैं सोया नहीं—बल्कि चुपचाप पड़ा दर्जनों चीज़ों का एहसास करता रहा।

उस टेढ़े-मेढ़े पेड़ में कहीं झींगुर अपनी चिक-मिक लगाये था, कुएँ के अंदर की दीवार में रहने वाले कबूतरों ने अपनी गुटर-गूं लगा रखी थी, सूरज की एक सी चलती सांसों और पेड़ के पत्तों के फड़फड़ाने का अपना संगीत था, और बीच में दूर से जाते हुए हवाई जहाज़ की हल्की सी आवाज़ भी आ रही थी।

घास की महक और कुएँ की पुरानी ईंटों के सोंधेपन के साथ हवा में बारिश आने का इशारा करने वाली महक मौजूद थी।

मैंने सूरज की उंगली का मेरी बाजू से छूना और धूप की किरणों का अपने गाल पर होते हुए रेंगकर जाना महसूस किया।

जब मैंने आंखें खोलीं तो जहां ज़मीन और आसमान मिलते नज़र आते हैं, वहां से बादल उठते दिखाई दे रहे थे, और सूरज अपनी कलाई से आंखों को ढके अब भी सोया पड़ा था।

मुझे प्यास लगी थी, सो मैंने उठकर कुएँ में लगे रहट के पाट को उठाकर चार चक्कर लगाये, और ठंडा पानी कलकल करता हुआ पत्थर लगी गूल के रास्ते खेतों की तरफ़ दौड़ पड़ा।

रहट के माल की एक कुप्पी से चुल्लू में भर कर मैंने पानी पीया, जो बासी होने की वजह से मीठा सा लग रहा था।

अब सूरज भी उठ बैठा था, और आसमान की ओर देख रहा था।

'बारिश आने वाली है,' वह बोला। उसने भी रहट की कुप्पी से ख़ूब सारा पानी पीकर प्यास बुझायी, और फिर हम साइकिल लेकर सड़क तक पहुंचे और वहां से साइकिल पर बैठकर घर की राह पकड़ी। लेकिन हम पीपलनगर से यही कोई दो मील दूर रहे होंगे तभी बारिश होने लगी।

तेज़ हवा की वजह से बारिश के थपेड़े हमारे चेहरे पर पड़ रहे थे, लेकिन हम ऊँची आवाज़ में गाना गाते हुए ज़ोर लगाते आगे बढ़ते रहे, जब तक कि हम बस स्टॉप नहीं पहुंच गये।

मैंने साइकिल भाड़े वाले की दुकान पर जमा की, और जर्जर सीढ़ियों पर झटपट चढ़कर मैं और सूरज अपने कमरे में पहुंचे। जहां हमने भीगे कपड़े उतारे वहां फ़र्श पर पानी नज़र आ रहा था, और सूरज एक चादर लपेटकर खाट पर बैठ गया।

उस शाम उसे हरारत हो गयी, तो मैंने एक पुराना कंबल निकालकर उसे उढ़ाया। मैंने उसके सिर में सरसों के तेल से मालिश की और मेरे मालिश करते-करते वह न जाने कब सो गया।

तब तक अंधेरा हो चुका था, बारिश थम चुकी थी, और बाज़ार में बत्तियां जलने लगी थीं। मैं खाट के पांयते की तरफ़ बैठ गया और कुछ देर बैठे-बैठे ही सो लिया। आधी रात को मेरी नींद खुली जब मेरे पूरे चेहरे पर चांदनी पड़ रही थी। पूर्णिमा का चांद जैसे सिर्फ़ पीपलनगर को चांदनी से नहला रहा था, और साथ ही हरेक कमरे में ताक-झांक कर रहा था, गली-गली रोशनी बिखेर रहा था और टीन की छतों पर जैसे चांदी का पानी चढ़ा रहा था।

आज की रात खिड़कियों से चांद झांक रहा है। लोग बेचैन से हैं। सूरज नींद में करवटें बदल रहा है। कमला ने अभी शराब के नशे में चूर ग्राहक को लौटाया है, और वह रोज़ की तरह रात नींद में डूबने के लिए अपने बिस्तर में घुसने से पहले नहा रही है। उधर दीप चंद भी अपने पलंग पर बार-बार करवटें बदल रहा है, और राजधानी दिल्ली में बिजली से चलने वाली बाल काटने और हजामत बनाने की मशीनों वाले अपने शानदार सैलून के सपने देख रहा है, जिसमें प्रधानमंत्री उसके ग्राहक हैं। और सेठ गोविंद राम को शायद इसी चांदनी में अपनी असलियत बेहतर नज़र आ रही थी, जिससे उनकी नींद उड़ गयी थी। वह अपने घर के बरामदे में इधर से उधर टहल रहे थे, किरायेदारों से वसूली की फ़िक्र, अपनी जायदाद और आने वाले विधानसभा चुनावों में खड़े होने के बारे में सोचते हुए।

मंदिर में चांदनी कृपालु गणेश की मूर्ति को हौले से छूती है, और उसी चांदनी में कृष्ण बांसुरी बजाते हैं और राधा गाती है... 'मोरी नाजुक कलाइयां मरोड़ गयो रे मोहे पनघट पे नंदलाल छेड़ गयो रे...'

12

जून महीने की चिलचिलाती गर्मी में छिपकलियां दीवारों पर जैसे बेजान सी टंगी रहती हैं और अपने क्षितिज को निहारती रहती हैं। कीड़े गाहे-बगाहे ही नज़र आते हैं। या तो गर्मी से वह मर चुके हैं, या कहीं दरारों में सोये पड़े हैं, या फिर छिपकर अपना वंश बढ़ाने के काम में जुटे हैं। छिपकलियाँ इंतज़ार करती रहती हैं, करती ही रहती हैं...

सारा पीपलनगर जून की जानलेवा गर्मी से छुटकारा पाने का इंतज़ार कर रहा है।

एक दिन क्षितिज से बादल उठते हैं, और ऊपर को उमड़ने लगे और खुले आसमान पर छाने लगे। हल्की सी हवा चलने लगी। यानी यह हवा ही है जो अपने साथ पानी की पहली बूंदें लेकर आती है। यही वह पल है जिसका सब इंतज़ार कर रहे हैं। लोग अपने घर-मकानों से निकलकर ताज़ी हवा के झोंकों के साथ आती सूखी मिट्टी पर पानी की पहली बूंदें गिरने से निकलने वाली सोंधी महक का लुत्फ़ उठाने के लिए निकल पड़ते हैं।

ज़मीन के अंदर, दरारों और छेदों में छिपे कीड़े हरकत में आ गये। दीमक और चीटियां जो सारी गर्मी सोयी पड़ी थीं, अपने बिलों से निकल आयीं। अब उनका सक्रिय होने का समय है।

मानसून आने के बाद बमुश्किल दो रातें चैन से कटीं, और फिर आ गया कीड़ों का सालाना हुजूम। दरारों और पेड़ों की जड़ों से बड़ी-बड़ी पंख वाली चीटियां और दीमक निकलकर ज़ोर लगाकर अपनी पहली और आख़िरी उड़ान के लिए निकल पड़ीं। रात को वह एक ही दिशा में उड़ सकती हैं—जिधर से रोशनी आ रही हो—चाहे वह बिजली के बल्ब हों या मिट्टी के तेल की धुआं छोड़ती ढिबरियां जिनसे पीपलनगर रोशन रहता है।

बस स्टॉप के सामने, मेरे कमरे के ठीक नीचे लगी सड़क की बत्ती की ओर मोटी-मोटी दीमक खिंची चली आती हैं और बल्ब के चारों तरफ़ उनके बड़े से झुंड को चक्कर लगाते देखने पर ऐसा लगता है जैसे कोई एक ही फड़कती हुई बड़ी सी चीज़ गोल-गोल घूम रही है। बरसात का पहला मेंढक कूदता-फांदता छज्जे पर आ पहुंचा और बिजली के बल्ब के नीचे विराजमान हो गया। उसे अब और कुछ भी करने की ज़रूरत नहीं। सारे कीट-पतंगे उसके इर्द-गिर्द ही गिर रहे हैं। बस उसे गपागप उन्हें पकड़-पकड़ कर निगलते जाना है।

यही छिपकलियों का भी सुनहरा समय है। पिछले दिनों के सब्र का मीठा फल अब उन्हें मिल रहा है। कीड़े आते जा रहे हैं, और वह अपनी चिपचिपी गुलाबी जीभ निकाल-निकाल कर उन्हें बड़े चाव से निगलती जा रही हैं। घंटों खाकर वह अपना पेट ठसाठस भरती हैं क्योंकि उन्हें मालूम है कि ऐसी दावत के लिए साल भर फिर इंतज़ार करना पड़ेगा।

कुदरत में कितनी बर्बादी है। सारी गर्मी कीड़ों की दुनियां में अंधेरे से छुटकारा दिलाने वाली इस उड़ान की तैयारी होती है, लेकिन जब अंधेरे से आज़ादी मिलती है तो जान ही चली जाती है। कोई नहीं बचता।

~

क्योंकि मैं ज़्यादातर रात को ही लिखता हूं और आमतौर पर दिन में नींद

पूरी करता हूं, तो अकसर ऐसा होता है कि मैं आधी रात को कलम रखकर चहलकदमी करने निकल पड़ता हूं। पीपलनगर में टहलने का यह ख़ुशनुमा समय होता है बशर्ते कोई आपको चोर न समझ ले। इस समय हवा में बेला महकता है और ऊसर की सफ़ेद रेह चांदनी में चमकती है, और सिर्फ़ चौकीदार की डरावनी सी पुकार सन्नाटे को चीरती आती है।

यह चौकीदार वह शख़्स है जिसे हमारे मोहल्ले वालों ने रात को हमारा ध्यान रखने के लिए रखा है और यह रात को सड़कों पर घूमते हुए बुरी नीयत से काम करने वालों को उनके भले के लिए 'ख़बरदार!' चिल्लाकर आगाह किया करता है। आधी आबादी को जगाये रखने के अलावा वह चोरों को अपनी मौजूदगी के बारे में बताकर होशियार करने में भी कामयाब है।

एक रात, अपनी आधी रात वाली चहलक़दमी के दौरान एक अंधेरे से नुक्कड़ पर अचानक अपने चौकीदार से सामना हुआ तो हालचाल पूछते हुए मैं कुछ बोला। वह तो चौंककर हवा में ऐसे उछल पड़ा जैसे आहट से चौकन्ना हुआ खरगोश, और साथ ही चिल्लाया—'ख़बरदार!' जैसे इस शब्द में कोई ऐसा जादू हो कि मैं उसके आगे घुटने टेक कर दया की भीख मांगने लगूंगा।

'कोई बात नहीं।' मैंने हिम्मत बंधाने के लिए कहा, 'मैं तो इसी मुहल्ले का हूं भई।'

चौकीदार ने सहमी सी हँसी हँसते हुए पूछा कि कहीं मैंने उसके 'ख़बरदार' कहने का बुरा तो नहीं माना, और यह भी कहा कि समय ख़राब है और चोर-उचक्के बढ़ रहे हैं।

मैंने हामी भरते हुए कहा कि शायद कुछ आज की रात भी अपने काम पर निकले हों, तो क्या वह चुपचाप उन्हें पकड़ने की कोशिश करेगा? इस तरह कुछ चोर पकड़े जा सकते हैं।

लेकिन उल्टे उसने सवाल खड़ा कर दिया कि वह क्यों पकड़े चोरों को। उसका काम तो उन्हें डराकर भगा देना है। यह काम तो वह किसी की चारदीवारी के अंदर उनकी धरपकड़ से बढ़िया सड़कों पर बेधड़क घूमते गरजते कर सकता है, और फिर जहां तक हो सके हिंसा से काम न लेने

में ही भलाई है।

'इसके अलावा,' वह बोला, 'यहां जो लोग रहते हैं, वह मेरी पुकार सुनना पसंद करते हैं। इससे उन्हें पता चलता है कि मैं पहरा दे रहा हूं और वह सुरक्षित हैं। और अगर मैं थोड़ी-थोड़ी देर में "ख़बरदार" न कहूं तो उन्हें लग सकता है कि मैं सो गया, और तब वह मुझे निकाल भी सकते हैं।'

उसकी इस बात में दम था। मैंने सवाल किया कि अगर चोरों के किसी गुट से उसका सामना हो जाये तो वह क्या करेगा। उसने जवाब दिया कि वह तब तक 'ख़बरदार, ख़बरदार' चिल्लाता रहेगा जब तक कि लोग उसकी मदद के लिए नहीं आ जाते। मैंने कहा कि मुझे कम ही उम्मीद है कि लोग मदद के लिए घर से निकलेंगे, लेकिन उसकी ख़ैर मनाते हुए मैं आगे बढ़ लिया।

हर चार-पांच मिनट पर उसकी पुकार—'ख़बरदार' सुनाई देती रही, जब तक कि वह मोहल्ले के दूसरे छोर पर नहीं पहुंच गया। मुझे लगा कि चौकीदार की मदद करने में कोई बुराई तो है नहीं, सो मैंने दोनों हाथ मुंह के दोनों ओर लगाकर ज़ोर से आवाज़ लगायी, 'ख़बरदार,...ख़बरदार!'

मेरी पुकार जादू सा काम कर गयी।

तीन साये पड़ोस की एक दीवार फांदकर सड़क पर कूदे और हड़बड़ाकर खुली सड़क पर भागे। मैंने एक बार फिर ज़ोर से आवाज़ लगायी, 'ख़बरदार,' तो वह और ज़ोर से भागने लगे। ज़रा सोचिए, चोरों को आगे जब दूसरी ओर से आती चौकीदार की 'ख़बरदार' की आवाज़ें सुनाई दी होंगी तो वह कैसे हैरत में पड़ गये होंगे, और उन्होंने सोचा होगा कि अब मोहल्ले में दो चौकीदार पहरा दे रहे हैं।

~

उन रातों को जब नींद दूर-दूर रहती है, हम कमरे से निकलकर पीपलनगर में दूर तक टहलने चले जाते हैं। आमतौर पर आधी रात के आसपास बेचैनी होती है। उस समय कमरे की दीवारों से भभक निकल रही होती है। दिन

भर धूप की जो गर्मी छत-दीवारों में समा जाती है, उसी की भभक निकलती है। ऐसे में, अंधेरे में पड़े-पड़े पसीना बहाने से बुरे-बुरे ख़याल आते हैं।

बनियान और पायजामा पहने मैं और सूरज नंगे पैर ही मोहल्ले में निकल पड़ते हैं, और धीरे-धीरे ठंडे पड़ते सड़क के किनारे के खड़ंजे पर चलते-चलते हम बाज़ार पार कर मैदान में जा पहुंचते हैं जहां हमारे क़दम ताज़ी ओस से नहायी गुदगुदी घास में धंसते हैं। मैदान में लंबी-चौड़ी जगह है; ऐसा लगता है जैसे उसके सिरे तारों से भरे आसमान के सिरों से मिलते हैं।

मैदान पार करके उसके आगे लैन्टना यानी रायमुनिया की झाड़ियों के बीच से होकर हम सूखी नदी के पत्थरों और चट्टानों पर चलते, बीच-बीच में बैठकर सुस्ताते हुए आगे बढ़ते हैं। पत्थरों के बीच छिपे मोटे-मोटे गोह हमें चुपचाप ताकते रहते हैं।

नदी के पार कई मील तक मक्के के खेत फैले हुए हैं, और उनके आगे सूखा इलाका है जहां कुछ टेढ़े-मेढ़े से पेड़ और कंटीली झाड़ियों के सिवा कुछ नहीं उगता, और ज़मीन पर चटकने जैसी दरारें पड़ी हैं। जहां जमा पानी सूख चुका है, वहां कीचड़ की पपड़ियां उखड़ रही हैं जो मालपुए जैसी दिखती हैं। जहां तक नज़र जाती है, इस पूरे इलाके में जगह-जगह ईंटों के भट्टों के होने की निशानियां फैली पड़ी हैं। कहा जाता है कि शहर के चोरों के लिए यहां के पुरानी भट्टियों के गड्ढे रात को आकर मिलने की जगह हैं, लेकिन हमें कभी कोई चोर नहीं दिखाई दिया।

जिन दिनों तेज़ बारिश होती, ये गड्ढे पानी से भर जाया करते, और तब सूरज और मैं इनमें नहाने और गोते लगाने आया करते। एक बड़े से गड्ढे के बीच एक टापू जैसा था। और इस छोटे से टापू पर एक झोंपड़ी थी, जहां कभी एक पहरेदार रहा करता था, जो रातों को ईंटों की रखवाली करता था।

हम उस टापू तक तैरकर गये, हालांकि वह बस गड्ढे के किनारे से कुछ ही गज़ दूर था। झोंपड़ी के आगे वाले हिस्से में घास उगी थी, और हम इसी घास पर पड़े सुबह की गुनगुनी धूप सेंकते रहे, जब तक कि हमें गर्मी नहीं लगने लगी। यहां आकर हम एक दूसरे के बदन पर तेल लगाकर

मालिश भी करते थे, और घास पर कुश्ती भी लड़ते थे।

हालाँकि मैं सूरज से भारी था, और मेरी छाती नगाड़े सी चौड़ी तनी रहती थी, लेकिन उसकी बाजुओं और टांगों में बड़ी जान थी। अकसर मेरी कमर को अपने घुटनों के बीच बड़ी मज़बूती से जकड़ लेता था, या फिर अपनी मज़बूत उंगलियों से पकड़ लेता था।

एक बार जब वह नयी निकली बरसाती घास पर मेरे साथ कुश्ती लड़ रहा था, तब उसे ज़मीन पर चित करते समय मैंने उसके बदन में तनाव महसूस किया। उसके शरीर में ऐंठन होने लगी, बार-बार झटके से हिलती उसकी जांघें मेरे शरीर से टकराने लगीं, और पैर झटके खाने लगे। मैं समझ गया कि उसे दौरा पड़ रहा है, लेकिन मैं खुद को उसकी बांहों से नहीं छुड़ा पाया। दौरा पड़ने पर उसकी बांहों ने मुझे और भी ज़ोर से जकड़ लिया था। उसकी पकड़ से छूटने की जद्दोजहद करने के बजाय मैंने खुद को निढाल छोड़ दिया और उसे अपनी बांहों में भरकर उसकी कुछ पीड़ा हर लेने की कोशिश में लग गया। न जाने क्यों मुझे लगता था कि थोड़ी उलझन तो मेरा शरीर सोख सकता है। यह कुछ अजीब सी सोच ज़रूर थी, लेकिन मुझे लगता है कि पूरे होश-ओ-हवास में उसकी बेहोशी को साझा करने की सोच से उसे ज़रूर कुछ राहत मिलती होगी। इससे पहले भी ऐसे भाव मेरे मन में आ चुके थे। जब कमला बुख़ार से तप रही थी, तब भी मुझे लगता था कि मैं उसे अपनी बांहों में भरकर उसके शरीर की तपन अपने शरीर में सोखकर और अपने शरीर की ठंडक उसके बदन में पहुंचाकर उसका बुख़ार उसके शरीर से निकाल सकता हूं।

अब मैंने सूरज से सटकर राहत देने वाले प्यार और अपनेपन के शब्द उसके कान में कहे, जबकि मुझे मालूम था कि उसे कुछ भी पता नहीं चल रहा होगा। और फिर जब मैंने देखा कि उसके दांत भिंच रहे हैं, तो मैंने अपनी उंगलियां दोनों ओर उसके गालों के अंदर डालीं ताकि उसे अपनी जीभ काटने से रोका जा सके।

तभी ज़ोर से कटकटाते उसके दांत मेरी हथेली के एक हिस्से में गड़ गये, और मेरी उंगली की गांठ उसके जबड़ों के बीच दब गयी। दर्द से मेरी आह निकल गयी। मैंने उसके जबड़े से अपनी उंगली छुड़ाने की कोशिश

की, लेकिन उसके भिचे हुए दांतों की जकड़ को ढीला करना असंभव था। इसलिए मैंने आंखें बंद कर लीं और मन-ही-मन गिनती गिनने लगा—एक, दो, तीन, चार, पांच, छह, सात— तब तक जब तक कि मैंने महसूस नहीं कर लिया कि उसका शरीर निढाल हो गया है, और फिर धीरे से उसके जबड़ों से मेरा हाथ भी छूट गया।

मेरे हाथ से ख़ून निकल रहा था, और मैं कांप रहा था। मैंने सूरज के होश में आने से पहले अपने हाथ पर रुमाल लपेट लिया।

हम ज़्यादा कुछ कहे-सुने बिना शहर लौट आये। वह उदास और निराश सा लग रहा था, लेकिन मुझे मालूम था कि जल्दी ही पहले सा उल्लास़ लौट आयेगा। मैंने अपना हाथ अपनी बनियान में छुपाये रखा, और वह ऐसा मुरझा सा गया था कि वह देख भी नहीं पाया। रात को जब वह पढ़ाई करके लौटा, तब उसने मेरे हाथ पर पट्टी बंधी देखी। तब मैंने उसे बताया कि मैं सड़क पर रपट गया था, और मेरा हाथ किसी कांच के टुकड़े पर पड़ कर कट गया।

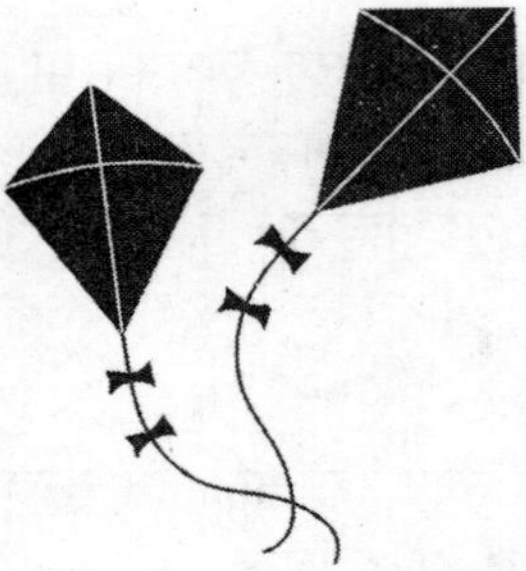

13

पीपलनगर में बारिश होती है—और जब बारिश थमती है तब तक पीपलनगर तरोताज़ा, साफ़ और जीवंत हो जाता है। नंग-धड़ंग बच्चे अपने घरों से निकल पड़ते हैं, जैसे कुछ न पहनना ही गौरव की बात है। ये बच्चे मासूम हैं और शर्म के जाल में नहीं फंसे हैं। बड़े बच्चों को किसी भी लिहाज से मासूम तो नहीं कहा जा सकता, लेकिन वह भी बिना किसी संकोच के सारे शहर में धमाचौकड़ी मचाए हुए हैं, और बड़ों को, जिन्हें शायद बच्चों से बेहतर माना जाता है, उनकी ऐसी हरकतों पर हैरानी भी है और उन्हें ये बुरी भी लग रही हैं।

दस साल के होने से पहले तक हम नंगे भी हों तो भी सोच से पूरी तरह आज़ाद और निडर होते हैं। लेकिन दस साल की उम्र के बाद हमें अपने अंगों को ढक कर रखना होता है, क्योंकि अब हमारा ख़ुद अपनी ही मर्दानगी पर से भरोसा उठ जाता है।

नालों में पानी भर गया है, और मोहल्ला पहाड़ी नाला बन गया है जिसका बहाव बस स्टॉप की ओर है। और बस स्टॉप पर ही सबसे ज़्यादा

अफ़रा-तफ़री मच गयी है, क्योंकि अभी आने वाली सवारियां खुद को हर तरफ़ से बारिश के पानी और कीचड़ के समंदर से घिरा पाकर घबरा गयी हैं, और इस पर भी, करीब सौ तांगे और रिक्शे दो दर्जन से भी कम सवारियों को ले जाने के लिए उनपर टूट पड़े हैं। नतीजतन, आधी सवारियों को स्टेशन से जाने का साधन मिला, जबकि बाकी के आधे लोग खुद घुटनों तक गहरी पीपलनगर की गाद में फंसे हुए हैं।

पीतांबर ज़रूर इस बीच बस से आयी सबसे ज़्यादा ख़ूबसूरत और सहमी सी युवती को अपने रिक्शे की सवारी बनाने में कामयाब हो गया, और चल पड़ा दनदनाता अपना हुनर और दिलेरी दिखाने के लिए सबसे टेढ़े-मेढ़े और लंबे रास्ते से उसे उसके घर तक छोड़ने। और जब उसके पांव में कीचड़ लग गयी तो उसे उस गंदे से लाल गमछे से पोंछ दिया जिसे वह अपनी गर्दन में टांगे रहता था।

शहर के पेड़ों और छतों पर बारिश की झड़ी लगती रही और प्यासी धरती पानी को सोखती रही। बदले में छोड़ती रही वह अनूठी महक जो साल में एक बार, पहली बारिश होने पर ही मिलती है। ज़मीन की प्यास बुझने की महक, दूसरी किसी भी सुगंध से ज़्यादा भाव-विभोर कर देने वाली महक।

अपने कमरे में मैं भी कुदरत की ताकतों का मुकाबला कर रहा हूं, क्योंकि तेज़ हवा की वजह से दरवाज़ा नहीं बंद हो रहा है, जिससे बारिश की फुहार अंदर घुसी चली आ रही है और मेरी खाट को भिगो रही है।

जब आख़िरकार मैं फ़र्श पर पानी का मोर्चा संभाल पाया, तब मैंने पाया कि छत चू रही है, और दीवारों पर बारिश के पानी की धारें बन रही हैं, जिससे धूल से सने पैरों से लेटे-लेटे मैंने जो आड़ी-तिरछी डिजाइन बना दी थीं, वह सब धुलती जा रही हैं। जहां-जहां पानी टपक रहा था, मैंने उनमें से किसी जगह टीन का डिब्बा रख दिया, तो कहीं पुराना मग्घा, और तसल्ली से खाट पर बैठकर खिड़की के बाहर दूसरी छतों पर बारिश की झड़ियां लगती देखने लगा। सोचने लगा कि अब सब कुछ अपने हाथ में है।

तभी दरवाज़ा जोर से भड़भड़ाया, और अचानक खुल गया। दरवाज़े

पर सूरज खड़ा था, पूरी तरह तर-बतर। भीगे हुए कुत्ते की तरह उसके शरीर से पानी चुहचुहा रहा था। वह अंदर घुसा, और घुसते ही अपने सारे कपड़े उतार दिये, और खाट पर बैठकर तार-तार हो रहे पुराने तौलिये से अपने शरीर से पानी पोंछने लगा। इस बीच मैं दरवाज़ा फिर से बंद करने की जी तोड़ कोशिश करता रहा।

'तुम ठंडे हो रहे हो, सूरज। मैं तुम्हारे लिए चाय बनाता हूं।'

उसने सिर हिला दिया। जैसे उसे याद ही नहीं रहा कि मुस्कराना भी होता है। और मैं समझ गया कि उसका दिमाग़ कहीं और है, उन हज़ारों जगहों में से किसी जगह जिनके सपने देखता रहता है वह।

जब आंच जल गयी, तो मैंने केतली दहकते हुए कोयलों पर रखी, और अपनी बांह सूरज के कंधों पर डालकर उससे सट कर बैठ गया और उसके साथ कुछ देर के लिए सपनों की दुनियां में खो गया।

'एक दिन मैं एक किताब लिखूंगा,' मैंने उसे बताया। 'वह कोई हत्या की, जासूसी की कहानी नहीं होगी, बल्कि सचमुच के लोगों की सचमुच की कहानी होगी। शायद वह मेरे और तुम्हारे और पीपलनगर के बारे में हो। और फिर हम पीपलनगर छोड़कर चले जाएंगे, और बाहर की दुनियां में आसमान में उड़ान भरते बाजों की तरह आज़ादी से घूमेंगे, और हमें अपनी मुसीबतों से छुटकारा मिल जाएगा, और नयी मुसीबतें हमारे सामने होंगी। मुझे मुश्किलों से कोई दिक्कत नहीं, बशर्ते वह नयी होनी चाहिए।'

'पहले मैं इम्तिहान में पास तो हो जाऊं,' सूरज बोला। 'बिना सर्टीफ़िकेट के कोई कुछ नहीं कर सकता, कहीं नहीं पहुंच सकता।'

'क्या बकवास कर रहे हो, किसने कहा तुमसे यह सब? इधर तुम अपने इम्तिहान की तैयारी करोगे, उधर मैं अपनी किताब लिख डालूंगा। यही ठीक रहेगा! मैं आज रात ही लिखना शुरू करता हूं। आज की रात मुहूर्त भी अच्छा है, आज मानसून की पहली बारिश जो हुई है। आज से ही शुरू करते हैं।'

जब हमारी चाय ख़त्म हुई, तब तक शाम का धुंधलका हो चला था। कमरे की बत्ती जलाई तो जली नहीं। कहीं बिजली के तारों पर पेड़ गिर

गया होगा। इसलिए मैंने मोमबत्ती जलायी और खिड़की की मुंडेर पर रख दी, क्योंकि अब न बारिश थी, और न बयार। मोमबत्ती बीच-बीच में तड़तड़ाती हुई जलती रही, और उसकी सधी हुई लौ की रोशनी में सूरज अपनी किताब के पन्नों में नज़रें गड़ाए एक हाथ से अपने पैर की उंगलियों से खेलते हुए पढ़ाई करता रहा।

मैंने अलमारी में से स्याही की दवात निकाली, और उसे खाली देखकर एक प्याले में थोड़ा सा बारिश का पानी लेकर चंद बूंदें उसमें डाल कर हिलाया। मैं सूरज के बगल में बैठ गया लिखने के लिए, लेकिन कलम भी ठीक काम नहीं कर रहा था। काग़ज़ पर जगह-जगह स्याही के धब्बे छूट रहे थे, और फिर मुझे भी समझ में नहीं आ रहा था कि क्या लिखूं। जबकि कुछ देर पहले तक मेरे दिमाग में लिखने के सिवा कुछ नहीं था।

मैं सूरज को निहारने लगा। साये में छिपी उसकी आंखों को, मोमबत्ती की रोशनी में उसके हाथों को, और महसूस करता रहा उसकी सांसें और उसका मन ही मन पढ़ते हुए हल्के से होंठों को हिलाकर बुदबुदाना।

~

खिड़की से हवा का झोंका आया, और मोमबत्ती बुझ गयी।

पंजाबी में एक गाली मेरे मुंह से निकल गयी।

'कोई बात नहीं,' सूरज बोला। 'मैं पढ़ते-पढ़ते थक गया था।'

'लेकिन मैं तो लिख रहा था।'

'अपनी किताब?'

'नहीं, एक चिट्ठी।'

'मुझे नहीं पता था कि तुम चिट्ठी भी लिखते हो, सिवाय प्रकाशकों को, पैसे के लिए। ये किसको लिख रहे हो?'

'तुम्हें,' मैंने कहा। 'और एक दिन मैं तुम्हें यह चिट्ठी भेजूंगा, शायद तब जब हम साथ नहीं होंगे।'

'तब मैं इसे अभी नहीं पढ़ूंगा, इसका इंतज़ार करूंगा।'

14

उस भीगी रात के दस बजे पीपलनगर में तीस सालों में पहली बार भूकंप का अनुभव किया। कुल पांच सेकेंड धरती हिली। हल्की सी गड़गड़ाहट के साथ धरती कांपी तो खिड़की की कगार से सुराही ने छलांग लगा दी और फ़र्श पर धराशायी हो गयी।

हड़बड़ाहट में कमरे से निकलकर जब तक हम बाहर पहुंचते, भूकंप ख़त्म हो चुका था, लेकिन उसका ख़ौफ़ बरकरार था, और मोहल्ले की कुल आबादी बाहर सड़क पर आ चुकी थी। इसी आपाधापी में सत्तर साल के एक बुड्ढे ने पहली मंज़िल के छज्जे से सड़क पर छलांग लगा दी, और उसकी गर्दन टूट गयी। उसके इर्द-गिर्द काफ़ी भीड़ लग गयी। कई औरतें बेहोश हो गयीं। दूसरी तरफ़ कई लोग चीख-पुकार मचाते इधर-उधर दौड़ रहे थे। कुछ ही दिन पहले ज़्योतिषियों ने दुनिया ख़त्म होने की भविष्यवाणी की थी, और हर किसी को लग रहा था कि यह तो शुरुआत है, धरती हिलने का सिलसिला चलने की।

कई दूसरी जगहों के साथ मंदिर में भी पूजा-अर्चना शुरू हो गयी।

लोग सड़कों पर आकर बताने लगे कि उनके मकान में कहां-कहां दरार पड़ गयी है। जबकि इनमें से कई दरारें कई सालों से मौजूद थीं, और बस उनपर लोगों की नज़र अब पड़ी थी।

आधी रात हो गयी थी, लेकिन मर्द और औरतें अब भी सड़कों पर थे, और जैसे उनके ख़ौफ़ और तैयारी का मान रखते हुए एक बार फिर धरती हिली। पहले से भी धीरे से। तमाम ज़ोरदार बरसातें झेलने से जर्जर हुई एक पुराने मकान की छत को मौका मिल गया, वह दिल-दहलाने वाले शोर के साथ नीचे आ गयी। किस्मत से कोई नहीं था उसके नीचे। अब सब ख़ूब तरबतर हो चुके थे, और बारिश ने भी ज़ोर पकड़ लिया था। इसके बावजूद किसी की घर के अंदर जाने की हिम्मत नहीं पड़ रही थी, ख़ासतौर से उस छत के गिरने के बाद।

ऊपर से बिजली और चली गयी, और सारा मोहल्ला अंधेरे में डूब गया। बारिश थमने का नाम नहीं ले रही थी, और लोग, और ज़्यादा तबाही के डर से एक-दूसरे के पास सिमट आये।

'देख लेना, भूकंप से कम, निमोनिया से ज़्यादा लोग मरेंगे,' सूरज ने कहा। 'चलो टहल कर आते हैं। यूं ही बेकार खड़े रहने से तो यही अच्छा है।'

हमने अपने पायजामे घुटनों तक मोड़े और जगह-जगह भरे पानी में पैर छपछपाते चल पड़े। शहर के बाहरी हिस्से के पास हमें पीतांबर बारिश में नाचता मिला। उसने ख़ूब चढ़ा रखी थी, और वह पूरी मस्ती में था।

'सड़क पर क्यों नाच रहे हो,' मैंने पूछा।

'क्योंकि मैं ख़ुश हूं, इसलिए,' पीतांबर बोला।

'और किस बात पर इतने ख़ुश हो, मेरे दोस्त?'

'क्योंकि मैं सड़क पर नाच रहा हूं,' उसने तपाक से जवाब दिया।

हम फिर घर की ओर लौट पड़े। बारिश रुक गयी थी। इस बीच बादल छंटने लगे थे, और उनके बीच धुंधला सा चांद कभी नज़र आता, फिर छुप जाता। नीम के पेड़ों से बड़ी सुहानी सी महक आ रही थी।

उस रात फिर धरती नहीं कांपी। जब हम अपने मोहल्ले में पहुंचे तब तक आसमान साफ़ हो चुका था, और लोग वापस अपने-अपने घरों में जाने लगे थे।

~

हम अपने टापू पर उस कंटीली झाड़ी के साये में लेटे दूसरे किनारे पर कुलांचे भर-भर कर आपस में अठखेलियां करते सारस के जोड़े को देख रहे थे। लाल सिर और लंबी टांगों वाले सारस।

'हम अगले किसी जनम में सारस भी हो सकते हैं,' मैंने कहा।

'काश, ऐसा हो,' सूरज बोला। 'चाहे लोग इसे इंसान के स्तर से नीचे जाकर जन्म लेना कहें, लेकिन मैं तो ऐसा सुंदर पक्षी बनना पसंद करूंगा। इंसान बने-बने मैं थक चुका हूं। लेकिन मैं यह संसार नहीं छोड़ना चाहता। कभी-कभी यह बहुत अच्छा लगने लगता है।'

'मैं पवित्र पक्षी बनना चाहता हूं,' मैंने कहा। 'मैं नहीं चाहता कि कोई मेरा शिकार करने के लिए मुझपर गोली चलाए।'

'क्या सारस पवित्र नहीं होते? देखो तो कैसे आपस में मस्ती कर रहे हैं?'

'ये प्रणय विहार कर रहे हैं। एक-दूसरे को प्यार कर रहे हैं। दाना चुगने के बाद यही इनका अहम् काम है। एक दूसरे से इनका लगाव इतना गहरा होता है कि अगर एक मर जाये तो दूसरा कई हफ़्ते तक उसी जगह मंडराता अपने बिछुड़े साथी को पुकारता रहेगा। ऐसा भी देखा गया है कि एक के मर जाने के बाद दूसरे ने भी खाना-पीना छोड़कर उसके विरह में प्राण दे दिये। यही वजह है कि गांवों में लोग इनसे इतना स्नेह करते हैं।'

'कितने ही पक्षियों को पवित्र माना जाता है।'

एक पक्षी ने पेड़ की डाल से नीचे को गोता लगाया और एक टिड्डे को चोंच में लिए वापस लौट गया। उड़ते समय उसके चटक नीले पंख और भी साफ़ नीले दिख रहे थे।

'इसे नीलकंठ कहते हैं, और भगवान शिव का भी एक नाम नीलकंठ है, क्योंकि उन्होंने मनुष्य की रक्षा के लिए हलाहल विष जिससे सारे संसार का नाश हो सकता था गटक लिया। उन्होंने यह विष अपने गले में रोक लिया, उसे नीचे नहीं उतरने दिया।'

हमारे खाने से गिरा रोटी का छोटा सा टुकड़ा कुतरती गिलहरी को देखकर सूरज ने पूछा--'क्या गिलहरियां भी पवित्र होती हैं?'

'इन्होंने राम की मदद की थी तो राम ने इन्हें आशीर्वाद दिया था। अपने हाथ में लेकर पीठ पर हाथ फेर दिया था। कहा जाता है कि इसीलिए इनकी पीठ पर सिर से पूंछ तक चार धारियां हैं, उनकी उंगलियों के निशान। राम का रंग सांवला था न, इसलिए धारियों का रंग भी गहरा हो गया।'

'हमें जीवों से प्यार करना चाहिए... फिर हम इतने जानवरों की जान क्यों लेते हैं?'

'हम उन्हें मारें नहीं, यह ज़रूरी नहीं है। ज़रूरी यह है कि हम सभी जीवों का आदर करें। इस धरती पर रहने का अधिकार उन्हें भी है। जहां देखो, जानवरों और परिंदों के लिए जीना मुश्किल होता जा रहा है, क्योंकि हम उनके रहने की जगह ख़ुद कब्ज़ा किये जा रहे हैं। अब जब हर जगह पेड़ कट रहे हैं, और हरियाली ख़त्म होती जा रही है, तो वह बेचारे कहां जाएं। उन्हें बार-बार नयी जगह तलाशनी पड़ती है।'

~

पीपलनगर में फूल होते हैं क्या?

कविताओं में फूल होते हैं, ये मैं जानता हूं। और बचपन में लखनऊ का वह बाग़ भी मुझे याद है जिसमें फूलों के खेत के खेत थे, और वहां एक और बग़ीचा था जिसमें सिर्फ़ गुलाब उगते थे। पीपलनगर के आसपास के खेतों में तो मैंने सिर्फ़ कुकरौंधा के फूल देखे हैं, जिनकी पंखुड़ियां फूंक मारने से उड़ जाती हैं। और कभी-कभी भटकटैया की कंटीली पत्तियों के बीच कुछ फूल खिल जाते हैं, पीले-पीले कटोरे जैसे। लेकिन हमारे मोहल्ले में कोई

फूल नहीं उगते, उस गेंदे के सिवा जो मेरे छज्जे की दरार में उग आया था।

मैंने पौधे की जड़ के पास से थोड़ा सा प्लास्टर और उखाड़ दिया, और वहां थोड़ी सी मिट्टी भर दी, जिसकी मैं रोज़ाना सिंचाई भी कर देता था। बिलकुल स्वस्थ पौधा है, और उसमें कभी-कभी एक छोटा सा नारंगी रंग का फूल भी निकल आता है जिसे मुरझाने से पहले मैं तोड़कर किसी को दे देता हूं।

कभी-कभी सूरज फूल को तोड़कर अपनी ट्रे में, कंघे, बटन और इत्र की शीशियों के बीच सजा लेता है। कभी-कभी वह फूल किसी बच्चे को दे देता है–किसी लड़की को, जो शरमा कर भाग जाती है; या किसी लड़के को जो उसकी चिंदियां कर डालता है। कुछ बच्चे फूल को रख भी लेते हैं। जबकि कुछ खुद सूरज को फूल देते हैं, जब वह उनके घरों के आगे से फेरी लगाता निकलता है।

जब सूरज घर-घर जाकर थक जाता है, तो वह बांसुरी बजाने बैठ जाता है।

वह छांवदार बरगद या पीपल के नीचे बैठता है, और अपनी ट्रे एक ओर रख देता है, फिर बांसुरी निकालता है। दोपहर के सन्नाटे में उसकी गहरी मीठी तान दूर तक जाती है, जिसे सुनकर बच्चे उसकी धुन सुनने उसके पास चले आते हैं। जब वह बांसुरी बजाता है, तब बच्चे बिलकुल चुपचाप बैठे रहते हैं, क्योंकि उसके संगीत में कहीं थोड़ा सा दर्द भी छिपा रहता है, जो कि बच्चों को ख़ासतौर पर समझ में आ जाता है।

सूरज ने बांस के टुकड़े इकट्ठे करके खुद बांसुरियां बनायी हैं, लेकिन वह उन्हें बेचता कभी नहीं है। जो बच्चे उसके मन भाते हैं, उन्हें दे देता है। वह कुछ भी बेच सकता है, लेकिन अपनी बांसुरी कभी नहीं।

कभी-कभी सूरज रात को बांसुरी बजाता है, जब मैं खाट पर पड़ा जाग रहा होता हूं, नींद न आने की वजह से। और अगर मेरी आंख लग भी जाती है, तब भी मेरे सपनों में बांसुरी बजती रहती है। कभी-कभी वह

अपनी बांसुरी लेकर उस टेढ़े-मेढ़े पेड़ के पास बैठ जाता है, और पक्षियों के लिए बजाता है। लेकिन तोते फिर भी पहले सी कर्कश आवाज़ें निकालते हैं, और जब जी चाहे उड़ जाते हैं।

एक बार कई बच्चे बैठकर सूरज की बांसुरी सुन रहे थे, कि तभी उसे दौरा पड़ गया। बांसुरी उसके हाथ से गिर गयी, और वह वहीं सड़क के किनारे धूल में लोटने लगा। बच्चे डर गये, और भाग गये।

लेकिन हमेशा के लिए नहीं—जब सूरज ने फिर बांसुरी को होंठों से लगाकर सुरीली तान छेड़ी, तो बच्चे पहले की तरह फिर चले आये।

15

उस दिन जब हम चूना पत्थर की खान के पास वाली पहाड़ी पर बिहारी मज़दूरों की बस्ती के आगे से गुज़र रहे थे तब हमने मुर्दा घाट की ओर जाती एक शवयात्रा देखी। सूरज ने अपना हाथ मेरी बांह पर कसकर मुझे शवयात्रा के गुज़र जाने तक वहीं एक ओर खड़े रहने का इशारा किया। तभी साइकिल से जा रहा एक शख़्स भी साइकिल से उतरकर वहीं सड़क के एक ओर खड़ा हो गया। जबकि कुछ लोग उस छोटी सी शवयात्रा को नज़रअंदाज़ करते हड़बड़ाए से अपने रास्ते बढ़ते गये।

'मैंने मरने वालों का इस तरह आदर करना सीखा है,' सूरज ने कहा। 'अगर तुमने किसी की ज़िंदगी में उसका आदर नहीं किया हो तब भी मरने पर हमें ज़रूर उसका आदर करना चाहिए। शरीर की उतनी अहमियत नहीं होती, लेकिन हमें उसकी आत्मा की ख़ातिर उसका आदर करना चाहिए।'

'यह अच्छा रिवाज है,' मैंने कहा।

'जिसे आप चाहते हैं, उसके मरने के बाद जीना मुश्किल हो जाता होगा!'

'फिर भी आप ज़िंदा रहते हैं,' मैंने कहा, और अपनी मां को याद किया। 'और अगर प्यार गहरा होता है, तो उसका कोई छोर नहीं नज़र आता... मरने पर भी वह ख़त्म नहीं होता... मुझे लगता है, तुम मेरे लिए किसी न किसी रूप में ज़रूर मौजूद रहोगे।'

~

रात को जब मैं पत्ते खेलने के बाद कमरे पर लौटा तब वह सो चुका था। मैं पचास रुपये हार कर आया था। थोड़ा नशे में था, और जब देहली पर लड़खड़ाया तो वह जाग गया। हालांकि उसने अपनी आंखें नहीं खोली थीं, फिर भी मुझे यही लगा कि वह मुझे ही देख रहा है।

ख़ुद को कुसूरवार मानते हुए मैं बड़ी शर्मिंदगी महसूस कर रहा था, क्योंकि उस दिन उसकी तबीयत ठीक नहीं थी। अब माफ़ी मांगने से कोई फ़ायदा नहीं था। शराब का नशा सचमुच बड़ी बुरी चीज़ है, क्योंकि इसके चक्कर में आदमी नीचे गिर जाता है, और फिर उसे शर्मिंदा होना पड़ता है।

वेश्या का काम निचले दर्जे का माना जाता है, लेकिन वेश्या की भी एक मर्यादा होती है। चोरी अपमानजनक होती है, लेकिन चोर भी अपने स्तर का ध्यान रखते हैं। भीख मांगने पर नीचे देखना पड़ता है, लेकिन वह भी उतनी अपमानजनक नहीं है जितना शराब का नशा। हम और कुछ भी बुरा करें, हमें अपने नीचे गिरने का एहसास ज़रूर रहता है, लेकिन शराब के नशे में हम अपनी इज़्ज़त गंवाते हैं, अपना होश-ओ-हवास खोते हैं, और इंसान होने की अपनी कुदरती गरिमा से हाथ धो बैठते हैं। हम इतने साफ़ तौर पर और इतनी लाचारी के साथ 'इंसान' बन जाते हैं कि जानवरों से अपने रिश्ते की पहचान को भी कलंकित कर देते हैं।

मैं बिस्तर पर एक तरफ बैठा और सूरज के ऊपर झुककर बुदबुदाया—'मुझे नशा हो गया है और पचास रुपये हार आया हूं, अब क्या करूं?'

वह मुस्कराया, लेकिन उसने अपनी आंखें नहीं खोलीं। मैंने अपने सैंडल

झटके से पैर से उतार फेंके और कमीज़ उतारकर बिस्तर के पांयते की तरफ़ पड़ गया। वह अब भी बुख़ार से तप रहा था। चादर के पार तक उसकी तपन मुझे महसूस हो रही थी।

बहुत देर तक हम चुपचाप पड़े रहे, और मुझे पता भी नहीं कि वह जाग रहा था या सो रहा था। इसलिए मैंने उसका पैर धीरे से दबाया और कहा—'माफ़ कर दो मुझे।' लेकिन तब तक वह सो चुका था, और सुन नहीं पाया।

~

चांदनी रात।

चांदनी में पीपलनगर बड़ा साफ़-साफ़ लगता है, और मेरे सोचने का ढंग बदल जाता है। दिन से बिलकुल अलग।

सड़कें वीरान होती हैं, तो चांद गलियों में ख़ूब तांक-झांक करता है। बस स्टॉप के पास रखा कूड़ेदान भी चांदनी में चांदी सा चमकने लगता है, छोटे-छोटे गड्ढों में भरी कीचड़ और गाद तक झिलमिलाती और दमकती है।

चांदनी का चुंबन। और चूमने में प्यास का एहसास। चांदनी से नहाये फ़र्श एक दूसरे से लिपटे थरथराते बदन।

सड़क पर नशेड़ी का लड़ाई कर बैठना। ऊँची होती आवाज़ें, फिर उनके जोश का उतरना। चौकीदार का मुसीबत टलने का इंतज़ार करना, और फिर एक बार ज़मीन पर अपना डंडा पटकते हुए चक्कर लगा जाना।

कमला का सोना। वह सोती है तो किसी फ़रिश्ते से कम नहीं लगती। मैं नीचे उतर जाता हूं, और चांदनी में टहलने लगता हूं। अपनी किताबें बगल में दबाए घर की तरफ़ आता सूरज मुझे मिलता है। वह देर तक अज़ीज़ के साथ पढ़ रहा था। वही अज़ीज़ जिसकी कबाड़ की दुकान है स्टेशन के पास। कुल महीने भर बाद उनके इम्तिहान हैं। मुझे भरोसा है कि सूरज ज़रूर कामयाब होगा, बस डर इस बात का है कि इतनी मेहनत के चक्कर में

कहीं सबकुछ थम न जाए। उसकी छाती में जान नहीं है और न यह मालूम कि दौरा कब पड़ जाएगा। इसलिए उसे सारा दिन चलना और सारी रात जाग कर पढ़ना नहीं चाहिए।

जब मैं सुबह जल्दी जाग जाता हूं, और मेरे बगल में पड़ी कमला (उसके बालों से ऐसी तेज़ ख़ुशबू आती है कि नींद उड़ जाए) सोते-सोते करवट लेती है, तब भी सूरज फ़र्श पर पाल्थी मार कर बैठा मिट्टी के तेल की ढिबरी की रोशनी में पढ़ता मिलता है।

जब वह पढ़ चुका होता है, तब भी सोता नहीं है, बल्कि मुझसे सूरज निकलने से पहले थोड़ी हवाखोरी करने के लिए साथ चलने की बात कहता है। और क्योंकि औरतें सूरज निकलने से पहले उठने के लिए नहीं बनी होतीं, हम कमला को खाट पर बिलकुल निश्चिंत और निढाल पसरा छोड़ देते हैं—छोटी बच्चियों जैसी उसकी छाती और लड़कों जैसी कमर, तकिये के इर्द-गिर्द बिखरे बाल, हलका सा खुला मुंह, और चूमने से सूजे और खरोंच खाये होंठ।

16

भगवान कृष्ण का जन्मदिन था, और उस दिन वैसी ही मूसलाधार बारिश हुई जैसी तब हुई होगी जब मथुरा में कृष्ण का जन्म हुआ था। कृष्ण ऐसे देव हैं जो सबसे ज़्यादा लोगों के दुलारे हैं। छोटे-छोटे बच्चों की मांएं आज भी उनकी बाल लीलाएं पढ़कर या सुनकर खिलखिलाती हैं और रो पड़ती हैं। युवा यही मनाते हैं कि वह उस कृष्ण जैसे ऊँचे कद वाले और बलवान हों, जिसने कंस के हाथी और उसके पहलवानों का सफ़ाया कर दिया था। शादी की उम्र वाली लड़कियां चाहती हैं कि उनका प्रेमी रुक्मिणि को रथ पर उठा ले जाने वाले कृष्ण सा साहसी हो, और समझदार लोग यही सोचते हैं कि काश उनके पास भी सारा राजकाज चलाने वाले कृष्ण जैसी विद्वता, विवेक और नीति ज्ञान होता।

बारिश अचानक शुरू हो गयी, और सब हैरान रह गये। कुछ ही पलों में लोग बुरी तरह भीग गये, और दस मिनट में तो सारा मोहल्ला बाढ़ में डूब गया। मंदिर की हौदी से पानी बाहर बहने लगा, रेलवे लाइन दिखनी बंद हो गयीं, और बस स्टॉप के पास वाली पुरानी दीवार कंपकपाकर चुपचाप

ढह गयी। दरअसल, उसके गिरने की आवाज़ बारिश के शोर में दब गयी।

जिनकी दाढ़ी-मूंछें अब तक नहीं निकली थीं, वह पूरा मज़ा ले रहे थे। बच्चे ख़ुशी से शोर मचा रहे थे, और पांच नंग-धड़ंग युवक सब्ज़ी मंडी के बीच मदारी वाले भालू के साथ शोर मचाते हुए खेल रहे थे।

मैंने देखा कि सड़क के किनारे अपनी दुकानें लगाने वाले दुकानदार अपना जो भी माल बचा सकते थे, घुटनों तक गहरे पानी में जाकर उसे उठा कर सूखी जगह ला रहे थे। प्लास्टिक के खिलौने, बंदगोभियां और बर्तन सब पानी पर तैर रहे थे, और नटखट बच्चे उन्हें उठा कर लिये जा रहे थे। पानी दुकानों जितनी ऊँचाई तक चढ़ आया था, और दुकानों के फ़र्श भीग रहे थे। अपनी कबाड़ की दुकान में भरे पानी में अज़ीज़ नज़र आ रहा था। दीप-चंद, रामू और उनकी दुकान का एक ग्राहक दुकान में भरे पानी को बाल्टियों से निकाल-निकाल कर बाहर फेंक रहे थे। पीतांबर सड़कों पर भरे पानी को अपने रिक्शा के पहियों से मथ रहा था, और अपनी साड़ियां घुटनों तक ऊँची करके चलने की कोशिश कर रही औरतों को बिना पैसे लिए ही भरे पानी से बाहर पहुंचा रहा था।

बारिश जैसे अचानक शुरू हुई थी, वैसे ही बंद भी हो गयी। धूप निकल आयी। पानी बहने का रास्ता ढूंढने लगा, ताकि किसी दूसरे निचले इलाके को भर सके, और एक काग़ज़ की नाव न जाने कहां से बहती हुई आयी, और मेरे दोनों पैरों के बीच अटक गयी।

~

'पिछली बार तुम पीपलनगर से बाहर कब गये थे?' मैंने सूरज से पूछा। 'मेरा मतलब है, कहीं दूर, देश के किसी दूसरे हिस्से में?'

'जब से यहां आया हूं, तब से कहीं नहीं गया,' वह बोला। 'मेरे पास कभी पैसे ही नहीं बचे। और तुम कब गये थे?'

'मुझे याद नहीं है। मैं पिछले पांच साल से लगातार पीपलनगर में ही सड़ रहा हूं। मैं फिर से पहाड़ों में घूमना चाहता हूं। एक बार, जब मैं

बच्चा था, तब मेरे माता-पिता मुझे पहाड़ों में ले गये थे। मुझे पहाड़ों का सबकुछ अच्छी तरह याद है—चीड़ के पेड़, रात की तेज़ हवा, खड़ी पहाड़ी पगडंडियों पर लकड़ी के गट्ठर ले जाते लोग—हां, मैं फिर से पहाड़ देखना चाहता हूं।...'

'मैंने तो कभी देखे ही नहीं हैं,' सूरज बोला।

'कितनी अजीब बात है!' मुझे तो लगता है कि कोई आदमी पूरी तरह से आदमी तब तक नहीं बन सकता जब तक कि वह पहाड़ों पर न रह ले। यह सही है कि हम सभी में हमेशा कुछ न कुछ कमी रह ही जाती है, लेकिन पहाड़ों में ऐसा कुछ होता है, जिससे ज़िंदगी में एक नया पहलू जुड़ जाता है। हवा और ऊँचाई में बदलाव का असर हमारे सोचने, एहसास करने और काम करने के ढंग पर पड़ता है। सूरज, हमें पहाड़ों पर जाना चाहिए! यही सही समय है जाने का। यह गर्मी सही नहीं जाती, चलो इससे दूर, यहां की नालियों और बदबू और शोर से दूर चलें—चाहे कुछ ही दिन के लिए सही...'

'लेकिन कुछ ही हफ़्तों में मेरे इम्तिहान हैं।'

'बढ़िया है। आबोहवा बदलने से फ़ायदा ही होगा। अपनी किताबें साथ ले चलो। वहां तुम्हारी और भी अच्छी पढ़ाई हो जाएगी। तुम्हें अच्छा लगेगा। मैं दावे के साथ कह सकता हूं कि जब तक हम वहां रहेंगे तुम्हें एक भी बार दौरा नहीं पड़ेगा!'

मैं जोश के सैलाब में बह गया। हाथ हिला-हिला कर नंदा देवी के पीछे से सूरज के उगने—या डूबने—के बारे में बताने लगा, और उस किताब की बातें करने लगा जो मैं लिख सकता हूं, अगर पहाड़ों पर कुछ हफ़्ते रहूं तो।

'लेकिन रक़म कहां से आयेगी?' सूरज ने मेरे भाषण को बीच में ही काटते हुए कहा। 'हम वहां जाएंगे कैसे?'

'पैसे?' मैंने तिरस्कार करने वाले अंदाज़ में कहा। 'पैसे?' मैंने फिर कहा— थोड़ा इज़्ज़त के साथ। और फिर शक करने वाले अंदाज़ में कहा—'पैसा?'

'हां, पैसा,' मैं खुद से ही बुदबुदाया, और बान से बुनी खाट में धंस गया, जैसे अचानक मेरी हवा निकल गयी हो, सारा जोश ठंडा हो गया हो।

सूरज की हँसी छूट गयी।

'किस बात पर हँस रहे हो तुम?' मैंने फुंफकारने जैसे अंदाज़ में पूछा।

'क्या करूं मैं?' वह अपनी बात रखते हुए बोला—'तुम्हारे चेहरे पर। एक मिनट पहले बिलकुल ख़ुशी से मुंह चौड़ा हुआ जा रहा था, और अब लटक गया है, घोड़े जैसा लंबा सा।'

'पैसों का इंतज़ाम हो जाएगा!' मैंने ज़ोर से कहा, फिर से जोश में आते हुए। 'कितने चाहिए हमें—दो सौ, पांच सौ—कोई मुश्किल नहीं! मैं अपनी सोने की अंगूठी गिरवी रख दूंगा। वापस लौटकर हम उसे छुड़ा लेंगे। किताब से सब हो जाएगा।'

मुझे फिर अपनी अंगूठी देखने को भी नहीं मिली, लेकिन उससे क्या फ़र्क पड़ता है। हमें सौ रुपये मिल गये, और उन्हीं से ज़ोर-शोर के साथ हम अपने सफ़र की तैयारी करने लगे। लेकिन हमें अंदर ही अंदर यह डर लग रहा था कि कहीं आख़िरी वक़्त पर किसी वजह से हमारा जाना टल न जाए।

जहां तक ट्रेन जाती है वहां तक हमें ट्रेन से जाना था—रात भर का सफ़र; उसके आगे बस लेनी थी। हालांकि हम सोच रहे थे कि हम एक सप्ताह बाहर रहेंगे, लेकिन हमारे पास पूरे चार दिन के लायक रक़म भी नहीं थी।

हमने अपने कमरे में ताला लगाया और चाबी कमला को दी, और दीप चंद से कहा कि वह उसका और हमारी चीज़ों का ध्यान रखे।

उस रात ट्रेन में सूरज को हल्का सा दौरा पड़ा। उससे हमारे आसपास से थोड़ी भीड़ छंटने में मदद मिली। कुछ लोग यह सोचकर अपना सामान उठाकर वहां से चले गये कि यह कोई छूत की बीमारी है। जबकि वह लोग जिन्हें बीमारी के साथ जीने की आदत थी, वहीं डटे रहे। लेकिन उसके बाद पीपलनगर लौटने तक सूरज को दोबारा दौरा नहीं पड़ा।

हम उस रात ख़ूब गहरी नींद सोये, तृतीय श्रेणी के उस डिब्बे की सख़्त बर्थ पर बार-बार अपनी सहूलियत के लिए बैठने का ढंग बदलते। सूरज ने अपना सिर मेरे कंधे पर टिका रखा था और मैंने अपने पैर अपने बेडिंग रोल पर। हमारे ऊपर वाली बर्थ पर एक सिख किसान गहरी नींद में सोया पड़ा था, और उसके खर्रांटे डिब्बे में गूंज रहे थे। एक औरत ने अपने चार-पांच बच्चों की फ़ौज के साथ हमारे सामने वाली बर्थ पर कब्ज़ा किया हुआ था, और उनकी सुराही ठेस लगने से लुढ़क कर नीचे गिरी और टूट गयी, जिससे आसपास पानी फैल गया। एक कोने में दो युवा पत्ते खेल रहे थे और भद्दे-भद्दे चुटकुले सुना रहे थे। लोगों में कहीं आपसी मेल-मिलाप जैसा कुछ नहीं नज़र आ रहा था, लेकिन जब स्टेशन आता तो वहां से नयी सवारियों को पहले से ही भरे डिब्बे में चढ़ने से रोकने के लिए सभी एकजुट हो जाते। अगर कोई अंदर आने में कामयाब हो जाता—अकसर खिड़की से अंदर कूदकर—तो वह भी नये लोगों को डिब्बे में चढ़ने से रोकने में सबके साथ मिल जाता।

सवेरे तड़के हमारी आंख खुली तो हमने खिड़की से बाहर बदलते हुए नज़ारों को देखा। पेड़ों को देखे हुए कितना वक़्त हो गया था—एकाध पेड़ या कुछ पेड़ों का झुरमुट नहीं, पर पेड़ों के जंगल के जंगल—घने, गहरे और किसी सोच में डूबे से, जो रेल की पटरी से शुरू होकर दूर पहाड़ियों तक फैले हों। परिंदों और बंदरों से भरे पेड़। और एक जगह जहां पेड़ों के बजाय घास थी, वहां मैंने हिरण देखा—सिर उठाये, चौकन्ना खड़ा बहती हवा में कोई महक तलाशता सा।

17

दो-तीन पहाड़ियों पर बसे उस छोटे से शहर में कई छोटे-छोटे होटल थे, लेकिन सूरज और मैं एक धर्मशाला में गये, जहां हमें एक कमरा मिल गया जिससे वादी का नज़ारा दिखता था। हमने वहां ज़्यादा समय नहीं बिताया। हर तरफ़ कुछ ज़्यादा ही पहाड़ियाँ, धाराएं और पेड़ हमें अपनी ओर आकर्षित कर रहे थे। ऐसा लग रहा था जैसे इतने बरसों से वह हमारे ही आने का इंतज़ार कर रहे हों। हर पेड़ का अपना अलग व्यक्तित्व होता है, शायद इंसानों के मुकाबले एक दूसरे से कहीं ज़्यादा अलग होते हैं पेड़—और अगर आप ज़रा अपनेपन के साथ किसी पेड़ को देखें तो वह अपना कुछ देने की कोशिश करता मिलेगा—कुछ गहरा और बिलकुल अपना। अपनी ख़ुशबू, अपना रस, गहराई और समझ।

हम पेड़ों के साथ ख़ूब घुले-मिले। हमने चीड़ के आत्मसम्मान को महसूस किया और समझा, और जाना बैंस के पेड़ों का आलस, और बांज का संतोष। आलूबुख़ारे और ख़ुबानी के पेड़ों से फूल झड़ चुके थे, और डालों पर बस हल्की हरी कोपलों की शक्ल में नये पत्तों के आने के संकेत भर थे। चीड़

की लंबी सूई जैसी पत्तियां बिछी होने की वजह से ज़मीन नर्म और फिसलन भरी हो रही थी, और हम बैठे-बैठे ढलान पर फिसलते हुए नीचे जा पहुंचे।

फिर हमने काग़ज़ और पेंसिल ली, और कुछ आम भी, और चट्टानों पर चढ़ गये। वहां बैठे-बैठे मैंने कुछ लिखा, जो कुछ इधर-उधर का मेरे दिमाग़ में आया, पहाड़ों के बारे में और वहां सुनाई देने वाली आवाज़ों के बारे में।

पहाड़ों का सन्नाटा तब और महसूस होता था जब बीच-बीच में कोई आवाज़ सुनाई देती थी—चरवाहे का अपने साथी को पुकारना, अपने जानवरों को चराने निकली लड़की का गुनगुनाना, गायों के गले की घंटियों का बजना, किसी औरत का कपड़ों को पत्थर पर पटक-पटक कर धोना। और जब यह आवाज़ें आनी बंद होतीं, तब सुनायी देतीं दूसरी मंद-मंद आवाज़ें—झींगुर की चिक-मिक, अनजान चिड़ियों के गीत और चीड़ की भीड़ से गुज़रती हवा की सरसराहट।

धूप में गर्मी लगने लगती थी, लेकिन बादल के टुकड़े सूरज के सामने आते ही अचानक ठंडक बढ़ जाती, और हवा के थपेड़ों से हमारी कमीज़ें बदन पर फड़फड़ातीं।

पहाड़ियां दूर तक फैली हुई थीं। सबसे पास वाली पहाड़ियों पर चीड़ और बांज छाये थे, जबकि पास की कुछ दूसरी पहाड़ियां भूरी और सूनी थीं, बस उनमें से एक की चोटी पर मंदिर ऐसे अलग से नज़र आ रहा था जैसे केक के ऊपर लगी मोमबत्ती। सबसे दूर वाली पहाड़ियां धुंधली और नीली सी थीं।

18

वहां के लोगों की ज़ुबान में, पहाड़ों पर 'सीज़न' अभी शुरू ही हो रहा था। जिनके पास पैसा था, वह कई हफ़्तों के लिए हिल-स्टेशन पर सैर करने आते थे, और यहां आकर किस्म-किस्म के जैकेट से लेकर जींस तक तरह-तरह के कपड़े पहनकर मॉल रोड पर इधर से उधर घूमा करते थे। इनमें अंग्रेज़ीदां अभिजात्य वर्ग के लोग थे, अंग्रेज़ों की नकल करने वाले, तो फ़िल्मी और दूसरी चिकने पन्नों वाली पत्रिकाओं में छपे फ़ैशन की नकल उतारने वाले युवा भी थे। मुझे और सूरज को मॉल रोड पर कमीज़-पायजामें में घूमना कुछ अटपटा सा लगता था। अपनी ही धरती पर हम विदेशी से लगते थे। समझ में नहीं आता था कि इस सड़क पर चलकर अपनी नुमाइश करने वाले हिंदुस्तानी ही हैं या पश्चिम की भद्दी नकल पेश कर रहे पुतले?

शहर ही जैसे पके खेत सा हो रहा था। अंग्रेज़ों के दौर में बने विक्टोरियन शैली के बड़े मकान और छोटे-छोटे बंगले जो शायद पचास साल चलने के लिए बनाये गये थे, अब सौ साल से ज़्यादा पुराने हो चुके थे, और इतने जर्जर कि लगता था जैसे कभी भी गिर जाएंगे। न तो किसी ने उनकी मरम्मत

करायी और न ही उन्हें तुड़वाया। कुछ की बनावट स्विट्ज़रलैंड के पारंपरिक मकानों सी थी, तो कुछ की अलीबाबा और चालीस चोर जैसे किलों और महलों सी, लेकिन ज़्यादातर मकान ढलानदार टीन की छत वाली कुटिया की शैली में बने छोटे-छोटे बंगले थे। ये सारे मकान कहीं से विशाल पहाड़ का हिस्सा नहीं लगते थे, इतने बेमेल कि ऐसा लगता था जैसे इन्हें कहीं और से लाकर यहां रख दिया गया हो।

हालाँकि साहब लोग तो बहुत पहले ही जा चुके थे, लेकिन वह रिक्शे अब भी चल रहे थे जिन्हें कुली खींचते थे, और इन रिक्शों पर मुंबई और दिल्ली के सेठ और झगड़ालू और तेज़तर्रार सेठानियां हिल-स्टेशन के एक छोर से दूसरे छोर आया-जाया करते थे। ऐसा लगता था जैसे दौलतमंद हिंदुस्तानियों की जमात ने अंग्रेज़ों के कपड़े और तौर-तरीके अपनाकर उनकी छोड़ी हुई जगह पर कब्ज़ा कर लिया हो।

~

पहाड़ की एक ढलान पर, एक सुनसान जगह बांज के घने झुरमुट से छनकर आती धूप की गुनगुनाहट। करारे-करारे बांज के पत्तों पर आराम करने के लिए पसरने से पहले हमने कपड़े उतार दिए ताकि ठंडी-ठंडी हवा का पूरा मज़ा ले सकें।

यह हमारा शरीर जो हमारी चेतना का वाहक है—उसके सौन्दर्य को देखकर कई बार मैं विस्मय में पड़ जाता हूँ। सूरज के शरीर-सौष्ठव को कभी निहारता तो कभी कमला के शरीर के सौन्दर्य के बारे में सोचता, सुडौल, नर्म और इतने अनादर सहने के बाद भी इतनी खूबसूरत। एक तरह से एक बच्चे का शरीर नर्म, मुलायम, ताज़गी से भरा और दूसरी तरफ निकली हुई तोंद वाले मर्दों के थुलथुल शरीर। अपने ही बोझ से झुके, टेढ़े-मेढ़े और वक़्त के खाये हुए शरीर... हमारी चेतना का कवच हमारा शरीर नख से शिख तक कुदरत की एक बेहद खूबसूरत देन है।

लेकिन मैं ख़ुद को जन्म से मृत्यु के बीच के चंद सालों के समय में ही क्यों कैद करके रखूं, बेशक यही वह समय है जो मुझे ठीक से याद है...इस

शरीर की मौत हो जाती है, यह तो ठीक है, लेकिन मैं यह नहीं मानता कि ज़िंदग़ी ख़त्म हो जाती है।

जब छह साल की उम्र में मैंने पहली बार पहाड़ देखा था, तब भी मुझे कोई हैरत नहीं हुई थी—एक नयी और रोमांचक चीज़ तो थे पहाड़, लेकिन मुझे अंदर ही अंदर कहीं यह भी महसूस होता था कि मैं पहले से पहाड़ों को जानता हूं। पेड़, फूल, नदियां अजीब नहीं लगते थे। मैं इनके साथ भी रह चुका था। नयी जगहों पर, नये चेहरों के बीच भी अपने जाने-पहचाने चेहरे की तलाश करते हैं। यहां तक कि बचपन में भी हमारे पास यही कुदरती सोच होती है। हमारी चेतना को शुरुआत जैसी किसी चीज़ की नहीं सिर्फ़ अनन्त काल से चले आ रहे और अनन्त काल तक चलने वाले समय का भान रहता है।

मौत जैसे एक मध्यांतर है जिसमें थके हारे और बुरी तरह इस्तेमाल हुए शरीर को फिर नया रूप लेने से पहले ख़त्म होना ज़रूरी होता है। लेकिन चेतना का सिलसिला आगे बढ़ता जाता है। हमारे अपने विचारों का भी एक वजूद होता है। क्या हमारी कल्पनाशक्ति बिलकुल मर चुकी है जो हम यह मान लें कि ज़िंदगी का अर्थ सिर्फ़ हमारे ख़ाली शंख जैसे खोखले शरीर तक सीमित है? विज्ञान और धर्म हमारे अस्तित्व के रहस्य को छू भी नहीं पाया है।

चंद दुर्लभ अंतरंग क्षणों में, मिसाल के तौर पर, दो व्यक्ति तन-मन से एक हो जाते हैं, दूसरे का सोचा हुआ समझ जाते हैं, तभी वह एक दूसरे के अस्तित्व के प्रति पूरी तरह सचेत होते हैं।

मैंने सूरज के लिए ऐसा ही महसूस किया है, चाहे वह मुझसे कितना भी दूर हो, लेकिन उसके मन के भाव मेरे आसपास मंडराते रहते हैं—अभी की तरह।

वह मेरे बगल में आंखें बंद करके लेटा है और करवट भी दूसरी तरफ़ ले रखी है, लेकिन हम लगातार बातें किए जा रहे हैं, बातें किये जा रहे हैं...

पहाड़ी की चोटी वाले मंदिर तक चढ़ाई। फिर फिसलन वाली पहाड़ी ढलान से नीचे उतरना, कंटीली झाड़ियों में फंस जाना, तीखे धार वाले पत्थरों के बीच, सूखी पहाड़ी धारा के साथ, जहां हमें जंगली बिल्ली का कंकाल पड़ा मिला जिसके लंबे-पैने दांत और पंजे अब भी बिलकुल सही सलामत लग रहे थे।

पहाड़ी का चक्कर लगाकर मंदिर तक जाने वाली पगडंडी, धूप में झिलमिलाते शाहबलूत का जंगल। पहाड़ी से निकलती ठंडे पानी की चंचल धारा। पत्थरों और पौधों और घास के बीच से आता ऐसा मीठा और मनभावन पानी जैसा पहले कभी नहीं पीया था।

फिर लगातार खड़ी चढ़ाई चढ़ते हुए वहां पहुंचना जहां कैक्टस की झाड़ अपनी लंबी-लंबी उंगलियों से आसमान की ओर इशारा करती है, और पैर लगने से कंकड़-पत्थरों को गति मिल जाती है और वह लुढ़कते-पुढ़कते नीचे घाटी में जा पहुंचते हैं। पांच फुट लंबी पूंछ वाला विशालकाय लंगूर पेड़ से छलांग लगाकर चट्टान पर जा बैठता है; और वहीं से बेचैनी भरी नज़रों से हमें ताकता रहता है कि कहीं हम लोगों की नज़रों से बचे ख़ुबानी के पेड़ों के बीच उसके इलाके पर हमला तो नहीं बोलने वाले हैं।

पहाड़ी की चोटी पर करीने से अटाकर रखे कुछ पत्थरों के टुकड़े और उनके एक ओर खड़ा सलीब। मैं सोचता रह गया कि वह कौन अजीब विदेशी होगा, अपने देश वालों से इतना अलग जिसे यहां दफ़नाया गया होगा, जहां पहाड़ और आसमान मिलते हैं।

19

हालांकि पहाड़ों में आकर पैदल चढ़ाई चढ़ते और घोड़ों पर चलते-चलते हमारा वज़न कम होने लगा था, लेकिन साफ़ हवा की वजह से हमारे ख़ून की सफ़ाई हो गयी थी, क्योंकि जब हम पीपलनगर वापस पहुंचे तो सिंकदर के सिपाहियों की तरह बिलकुल चुस्त-दुरुस्त महसूस कर रहे थे।

सूरज की खोयी ताक़त लौट रही है, इसका एहसास मुझे तब हुआ जब पुराने ईंट भट्ठों के पास वाली रेती में कुश्ती में उसने मुझे चित कर दिया। मेरे लिए उसका मन रखने के लिए उसके आगे झुक जाना अब ज़रूरी नहीं था। हालाँकि उसे अब भी कभी-कभी दौरे पड़ते हैं, जो कि शायद आगे भी पड़ते रहेंगे, लेकिन अब उसकी आंखों में पहले जैसी चिंता और मौत की परछाईयां नहीं दिखाई देतीं।

सूरज इम्तिहान में पास हो गया है। हमें ज़रा भी शक नहीं था कि वह पास होगा। फिर भी, जिस रात नतीजा निकला उससे पहले वाली रात हम सो नहीं सके थे। हम अंधेरे में पड़े-पड़े तमाम चीज़ों के बारे में बातें करते रहे—जीने और मरने के बारे में, और ज़िंदगी की सारी जद्दोजहद

की—हमने एक दूसरे से वही सवाल पूछे जो पहले भी हज़ारों लोग एक दूसरे से पूछते रहे थे, और उन हज़ारों की तरह हमारे पास भी उन सवालों के जवाब नहीं थे। और धर्म पर कुछ भी छोड़ने से हम तसल्ली नहीं हासिल कर सकते थे, क्योंकि ईश्वर हमारी पहुंच से बाहर हो चुका था।

सिर्फ़ एक बार मैंने ईश्वर के अस्तित्व का एहसास किया। एक सवेरे मैं जागा तो पाया कि सूरज मेरे बगल में पड़ा सो रहा है, और इतनी ज़्यादा ख़ुशी हुई मुझे कि मैं बार-बार दोहराता रहा, 'तेरा शुक्रिया, हे ईश्वर, जो तूने मुझे सूरज दिया...।

अख़बार पहली बस से आये, सुबह छह बजे। बस स्टॉप भर छात्रों की एक छोटी सी भीड़ जुट गयी थी, जो अपने अंदर का डर छुपाने के लिए एक-दूसरे के साथ हँसी-ठिठोली कर रहे थे, और अपनी दिलेरी दिखाने के लिए ऐसा दिखावा कर रहे थे कि उन्हें कोई फ़र्क नहीं पड़ता।

पहली बस में ज़्यादा सवारियां नहीं थीं, और जब अख़बार का बंडल धाड़ से नीचे ज़मीन पर गिरा तो अख़बारों के लिए छीना-झपटी मच गयी। आधे घंटे में अख़बार वाले लड़के के सारे अख़बार बिक गये थे। शायद साल का यह इकलौता दिन था जब उसकी ज़ोरदार बिक्री हुई थी।

सूरज बस आने पर अख़बार लेने नीचे नहीं गया, लेकिन मैं गया। मुझे लगता है, मुझे ज़्यादा बेचैनी हो रही थी। और मैंने रोल नंबरों पर इतनी तेज़ी से नज़र दौड़ाई कि पहली बार में तो उसका नंबर देखने से चूक गया। मैंने हड़बड़ी में दुबारा शुरू किया तो गनीमत है मुझे उसका नंबर सफल छात्रों की सूची में ऊपर ही मिल गया।

मैंने सिर उठाकर ऊपर छज्जे में खड़े सूरज की ओर देखा, और उसे मेरे चेहरे से ही समझ में आ गया था कि वह पास हो गया है, क्योंकि वह भी फ़ौरन मुस्करा दिया। मैं छज्जे पर चला गया और फिर हम दोनों नीचे अख़बारों में अपना रिज़ल्ट देख रहे लड़कों को देखते रहे। कुछ बहुत ख़ुश थे, तो कुछ मायूस। जो अब भी अपना रोल नंबर ढूंढ रहे थे, उनके चेहरों पर उम्मीद की झलक थी, और हरेक नंबर क़ी मौजूदगी बताती थी कि लड़के

ने ख़राब ढंग से लिखी हुई ऐसी किताबों में ख़ूब मन लगाया है जो ज़रा भी दिलचस्प नहीं हैं।

जो नाकाम रहे हैं उन्हें बिलकुल भी शर्मिंदा नहीं होना चाहिए। वे पढ़ाई से बुरी तरह ऊबने की वजह से फ़ेल हुए हैं।

~

मुझे दिल्ली से एक इंटरव्यू के लिए बुलाया गया है, और मुझे एक अदद शर्ट की ज़रूरत है। मेरे पास जो कुछ हैं, वह या तो कंधों से फटी हुई हैं, या फिर उनके कॉलर घिस चुके हैं। मुझे पता है कि लेखकों और कलाकारों से कोई उम्मीद नहीं करता कि वे बहुत अच्छे कपड़े पहने हों, लेकिन मैंने महसूस किया कि मेरे हालात ऐसे नहीं हैं कि इस सनक पर अमल करके मेरा काम चल सके। मैं किसी को अपनी ग़रीबी क्यों दिखाऊं, और वह भी एक संपादक को।

मुझे शर्ट कहां से मिलेगी? सूरज ज़्यादातर लाल धारियों वाली टी-शर्ट पहनता था, जिसे वह हर दूसरे दिन शाम को धोकर सुखा देता था, और सुबह तक वह सूखकर पहनने के लिए तैयार हो जाती थी। लेकिन वह तो उसके भी कसती थी, फिर मेरे कैसे आती। मुझे ज़रूरत थी सफ़ेद शर्ट की, एक सलीकेदार शर्ट!

मैं दीप चंद के पास गया। उसके पास कई शर्ट थीं, और वह मुझे अपनी शर्ट देने को ख़ुशी से तैयार हो गया, लेकिन उसके पास सारी शर्ट चटक रंगों वाली थीं—पीली, बैंगनी और गुलाबी। उनसे संपादक पर अच्छा असर नहीं पड़ेगा। शायद कोई भी संपादक किसी ऐसे लेखक को पसंद नहीं कर सकता जो गुलाबी शर्ट पहनकर उससे मिलने पहुंचे। ऐसी शर्ट दीप चंद पर ही अच्छी लगती है, जब वह लोगों के बाल काट रहा होता है।

पीतांबर से भी कोई भला नहीं हुआ। उसके पास देने के लिए सिर्फ़ किसी और का दिया हुआ पायजामा और कोट था।

जब मुझे कुछ नहीं सूझा तो मैं कमला के पास पहुंचा।

'शर्ट चाहिए?' वह बोली। 'मैं जल्दी ही तुम्हारे लिए शर्ट का इंतज़ाम करती हूं। तुमने मुझे पहले क्यों नहीं बताया? मैं सुबह तुम्हारे लिए शर्ट तैयार करके रखती हूं।'

और अगली सुबह न सिर्फ़ उसने मुझे शर्ट दी, बल्कि एक जोड़ी चांदी के कफ़-लिंक भी दिये।

'किसके हैं ये?' मैंने पूछा।

'मेरे एक मेहमान के,' कंधे उचकाते हुए उसने जवाब दिया। 'वह तुम्हारे जैसे डीलडौल का था। मैं उसे बार-बार इस बात के लिए चिढ़ा रही थी कि उसके वहां मांस-पेशियां नहीं हैं जहां होनी चाहिए। ताव में आकर उसने अपनी बाजुएं दिखाने के लिए शर्ट उतार दी। ज़ब घर जाने को हुआ तब तक इतना नशे में चूर हो चुका था कि उसे समझ में ही नहीं आया कि शर्ट मैंने रख ली है।'

मैं इतना हँसा कि मेरे पेट में दर्द हो गया (आधा पेट खाया हो तो हँसने से बहुत दर्द होता है)। मैंने कमला की हथेलियों को चूमा और उसे बताया कि वह सचमुच गज़ब की है।

~

आज़ादी।

जैसे ही बस पीपलनगर से बाहर निकली और सड़क के दोनों तरफ़ खेत नज़र आने लगे, मुझे एहसास हुआ कि मैं आज़ाद हूं। और मैं हमेशा आज़ाद रहा हूं। वह मेरी ही कमज़ोरियां हैं जो बंधन बन जाती हैं। ज़िस ज़िंदगी को बरसों जीते-जीते मैं उसका आदी हो गया हूं, उससे मेरे पास वह सोच और जीवट नहीं है कि उससे निकल सकूं।

मुझे बस में बैठकर कहीं जाने के सिवा और कुछ भी नहीं करना था।

मेरे पीपलनगर छोड़ने से ही सिर्फ़ सूरज का भला हो सकता है। अपने कमरे में पड़े-पड़े सोचते रहकर मैं किसी के काम का नहीं था।

मैं बस की खिड़की की तरफ़ बैठा और खिड़की खुली छोड़ दी ताकि

ठंडी हवा से चेहरे को ताज़गी मिल सके। काई की हरी पर्त से अटे तालों में कमल के फूलों के बीच जलमुर्गी और बगुले खड़े दिखाई देते थे, नीलकंठ टेलीफ़ोन के खंबों के आसपास मंडरा रहे थे, और नंगे बच्चे खेतों के बीच से जाती नहर में छलांग लगा रहे थे।

क्योंकि मैं ख़ुश था, ऐसा लग रहा था कि बाकी सब भी ख़ुश हैं- ड्राईवर, कंडक्टर, सवारियां, और खेतों में काम कर रहे या बैलगाड़ी हांक कर जा रहे किसान। जब दो औरतें किसी बात पर आपस में लड़ पड़ीं, तब मैंने बीचबचाव किया और उनका गुस्सा शांत किया। फिर मैंने एक बच्चे को अपने घुटनों पर बैठा लिया, और उसे ऊंट, भैंस, गिद्ध और आवारा कुत्ते दिखाता रहा।

छह घंटे बाद बस ने बाढ़ से चढ़ी हुई यमुना को पार किया, और फिर बस शाहजहां के बनवाए किले की विशाल दीवारों के क़रीब से निकली, और पुरानी दिल्ली में जा पहुँची।

20

एक हफ़्तावार उर्दू अख़बार के संपादक ने मुझे लिखा था कि क्या मैं उसके अख़बार में साहित्य संपादक का काम संभाल सकता हूं। वह मेरे पहले के कुछ काम को जानते थे—कुछ कविताएं और कहानियां—और उन्हें कहीं से मेरे बिगड़े हुए हालात और मेरे ठीक से लिख न पाने के बारे में पता चला था। हालाँकि उन्होंने मुझसे काम देने का वादा नहीं किया, न दिल्ली आने का किराया देने का वादा किया, न ही मेरी तनख्वाह क्या होगी इस बारे में कोई संकेत दिये, लेकिन काम के लिए बात करने का मतलब था, एक मौका—बच निकलने का एक मौका, एक मौका जीने वालों की दुनिया में कदम रखने का, लिखने का, पढ़ने का, नयी-नयी बातें पता लगाने का।

दिल्ली में मेरी दूसरी रात थी, और मैं स्टेशन के भरे हुए वेटिंग रूम के एक कोने में अपने सूटकेस के साथ अकेला बैठा, घुटनों पर पैड रखे बैठा सूरज को चिट्ठी लिख रहा था। औरतें आपस में चकर-चकर कर रही थीं। कुछ चुपचाप सो भी रही थीं, और बच्चे बाहर प्लैटफ़ॉर्म तक घूम रहे थे, जबकि गोदी के बच्चे रो रहे थे, या अपनी मां की छाती टटोल रहे थे।

~

प्रिय सूरज,

पीपलीनगर में इतने साल रहने के बाद एक बार फिर शहर आना अजीब सा लग रहा है। थोड़ा सा डर भी लग रहा है। शाम ढलने के बाद जब चांदनी चौक की ऐसी भीड़ के बीच से निकलते हुए, जिसमें कोई किसी की परवाह नहीं करता वहां तुम ख़ुद को भूल जाओगे कि तुम कौन हो। कनॉट प्लेस की दुकानों और रेस्तरां में चले जाओ तो पश्चिमी तौर-तरीकों से ज़िंदग़ी जीने वालों के बीच ऐसा एहसास होगा जैसे ख़ुद किसी ग़ैर मुल्क से आये हो। अपने जैसे शरणार्थियों के बीच ख़ुद को अजनबी महसूस करोगे क्योंकि वह अब सम्पन्न हो गये हैं। शहर में हर तरफ़ कुकुरमुत्तों की तरह उग आयी बिना पेड़ की कॉलोनियों में रहते हैं। यहां जब मैं किसी-किसी पुराने मकबरे या किसी भूले-बिसरे बादशाह के बनवाये बाग़ में जाता हूं तब मुझे एहसास होता है कि मैं कौन हूं।

काश, तुम मेरे साथ यहां आते। तब यहां आने का मज़ा आता और जो अभी डर सा लग रहा है, वह भी नहीं लगता!

जो भी हो, मैं तुमसे एक-दो दिन बाद मिलूंगा। मुझे लगता है कि मुझे काम मिल गया है। मैं संपादक से आज सुबह मिला। वह हैदराबाद के रहने वाले हैं। ज़रा सोचो तो अपना देश कितना बड़ा है, कि उत्तर भारत के रहने वाले को दक्षिण भारत वाले से पहली बार मिलने में करीब आधी उम्र लग जाए।

दिल्ली के पंजाबी व्यापारियों और टैक्सी वालों के बारे में जो कुछ कह रहे थे उसे देखते हुए तो मुझे नहीं लगता कि मेरे संपादक को उत्तर भारत वाले सुहाते हैं। लेकिन उन्हें, बकौल उनके, मेरा लीक से हटकर होना अच्छा लगा। अब मुझे यह नहीं पता कि यह बात मेरे काम के बारे में कही गयी है या मेरे बारे में। वैसे मैंने ही पहले उनसे कहा था कि वह लीक से हटकर हैं। यह सुनना हमेशा अच्छा लगता है, और उन्होंने मुझसे पूछ लिया कि अगर वह मुझे अपने दफ़्तर में काम पर रख लें तो मैं कितनी

तनख्वाह की उम्मीद करता हूं। मैंने कहा, तीन सौ, तो वह बोल पड़े कि मुझे इतना दिलवाना तो उनके लिए मुश्किल होगा, और कहा कि अगर मुझे डेढ़ सौ रुपये मिलें तो क्या मैं काम करूंगा? मैंने कह दिया कि मैं सोचूंगा और दूसरे दिन बताऊंगा।

अब मैं ख़ुद को इस बात के लिए कोस रहा हूं कि मैंने वहीं उसी वक़्त हामी क्यों नहीं भर दी, लेकिन मैं ऐसा भी नहीं जताना चाहता था कि मैं बहुत उतावला या गरज़मंद हूं, और मैं यह तो बिलकुल भी पता नहीं लगने दे सकता कि नौकरी के बिना मेरा गुज़ारा नहीं हो सकता। मैंने उन्हें बताया था कि मैं इस शहर के बारे में एक किताब लिखना चाहता हूं और उसी के लिए खोजबीन करने दिल्ली आया हूं। उन्होंने मुझसे किताब का नाम पूछा, तो मैंने जल्दी से सोचकर कह दिया—'दिल्ली अभी दूर है'—जो हज़रत निज़ामुद्दीन ने तब कहा था जब तुगलक शाह दिल्ली की ओर कूच कर चुका था। इसका उनपर अच्छा असर पड़ा।

अब उसके बारे में सोचता हूं तो लगता है कि दिल्ली के बारे में एक किताब लिखना अच्छा रहेगा जो इसकी अलग-अलग बसावटों, बादशाहों, शायरों और संगीत के बारे में हो... मैं सारा दिन गलियों में, बाज़ारों में, राजधानी की चौड़ी छायादार सड़कों पर घूमता रहा। हुमायूं के मक़बरे के पास जामुन के पेड़ों की छांव में आराम किया और लगातार यही सोचता रहा कि मैं और तुम मिलकर यहां क्या कर सकते हैं। इधर मैं दिल्ली में फिर रहा हूं, उधर तुम अपनी वह मस्त ट्रे गर्दन में लटकाए पीपलनगर की गलियों में फेरी लगा रहे होगे...

~

चांदनी चौक का मिज़ाज अब भी नहीं बदला है, भले ही उसकी सूरत बदल गयी हो। वह अब भी दिल्ली का दिल है, जो अब भी धड़कता है, जिसमें जान है— और अब व्यापार-कारोबार में आगे पंजाबियों की वजह से तो और भी ज़्यादा। पुरानी इमारतें जो उसकी पहचान हुआ करती थीं, वह अब भी मौजूद हैं, और उसकी गलियां और कूचे अब भी वैसे ही पेचीदा और उनमें

अब भी पहले की तरह कितना कुछ पोशीदा है। यहां आने वालों की तरह यहां के बजाजों और हलवाइयों ने अपने नाम और फ़ितरत भले ही बदल ली हों, लेकिन पुराने काम छोड़कर नया कुछ नहीं करने लगे हैं। और अगर इतवार को दुकानें बंद रखनी ही होती हैं, वह सड़क के किनारे पटरी पर और ट्राम की पटरियों के साथ अपना माल सजाकर दुकानें लगा लेते हैं—खिलौने, रेशमी कपड़ा, सूती कपड़ा, गलीचे-कालीन, इत्र-फुलेल, कांच का सामान, चीनी मिट्टी की चीज़ें, बेंत-बांस का सामान, कुर्सी-मेज़ वग़ैरह—और उस दिन माल बेचने की होड़ और ख़रीद-फ़रोख़्त हफ़्ते के दूसरे दिनों के मुक़ाबले और बढ़ जाती है।

टाउन हॉल के सामने महारानी विक्टोरिया की मूर्ति—ऐसा लगता है जैसे गुस्से से लोगों को देख रही हो, और दूसरी मूर्तियों की तरह भद्दी यह मूर्ति भी कबूतरों की बीट की चित्तियों से अटी पड़ी है। और कबूतर, सैकड़ों की तादाद में कंगूरों और बिजली के तारों पर बैठे बोला करते हैं, लेकिन उनकी सोयी-सोयी सी गुटरगूं पटरी पर दुकान लगाने वालों और तांगे वालों की पुकार, ट्राम की घड़घड़ और सड़क के दूसरे शोर में दबकर गुम हो जाती है।

ट्राम अपने आप में अजायबघर में रखने लायक हो गयी है। मुझे नहीं लगता कि पचास साल से भी ज़्यादा हुए जब यह पहली बार चली थी तब से अब तक इसे बदला गया होगा। ज़्यादा से ज़्यादा पांच मील प्रति घंटे की रफ़्तार से यह भीड़ भरी सड़क पर रेंगती है। इसपर इतने लोग लदे रहते हैं कि लगता है जैसे कभी भी पुर्ज़ा-पुर्ज़ा हो सकती है। सड़कों पर घूमने वाले आवारा बच्चे तो जैसे पूरी तरह से इसपर लटक जाते हैं!

बदन पर भभूति मले एक साधू बाबा सड़क के एक किनारे जमे भोजन बना रहे हैं। मदारी ने मजमा लगा रखा है जिसकी वजह से आने-जाने का रास्ता बंद हो गया है। एक आदमी ने अपनी बाजू पर कमल का फूल गुदवा रखा है। यहां सुनहरी मसजिद भी है जहां से नादिर शाह ने दिल्लीवालों का कत्ल-ए-आम देखा था। मैं चांदी की कारीगरी के लिए मशहूर दरीबा से होकर चलता जाता हूं तो जामा मसजिद की सीढ़ियों पर पहुंच जाता हूं, जिसके

चारों तरफ़ की जगह में साइकिल वाले, कबाड़ी, मछली वाले और तोते-चिड़ियां बेचने वाले हैं, और हैं कटने के लिए तैयार मोटे-ताज़े बकरे। दिल्ली की सरज़मीन पर लोगों की बसावट और हाकिमों के महल बनते-टूटते रहे, लेकिन चांदनी चौक का कुछ नहीं बिगड़ा। नयी और पुरानी दिल्ली का दिल जो है यह।

~

सारी रात स्टेशन पर शंटिंग करते रेल के इंजन की आवाज़ें सुनायी देती हैं, और एक बच्चे की तरह मैं अच्छे-अच्छे नामों वाली जगहों, जैसे-कुम्बक्कोनम, कृष्णागिरी, महाबलिपुरम, पोलोन्नारुवा के बारे में सोचा करता हूं। नारियल के झुरमुट वाले समुद्र तट और तीन तरफ़ ज़मीन से घिरे समुद्री लैगून के सपने देखा करता हूं। किसी उजड़े शहर के खंडहरों में गूंजती आवाज़ों, लाल पत्थर और संगमरमर, धूप में दूर से चमकते मंदिरों और धीमी बहने वाली नदी को पार करते हाथियों के झुंड...

अचानक सफ़र पर निकल जाने की इच्छा जागी है। बल्कि अब तो मुझे ऐसा लगता है कि काश मैं अपने देश में हमेशा घूमता ही रहूं। मुझे नहीं लगता कि इससे मैं कभी ऊबूंगा। हमारी धरती पर तमाम जातियों और नस्लों के लोग है, और हरेक के अनूठेपन से इस ज़मीन को इसके रंग और पहचान मिली है। सारे भारतीयों का एक जैसा होना उतना ही नीरस होता जितना सारे लोगों का औरत या मर्द होना, या सारे इंसानों का बिलकुल सामान्य होना। दिल्ली में भी किस्म-किस्म के लोग हैं, लेकिन पंजाबियों का बोलबाला है—दुकानें, टैक्सी, मोटर वर्कशॉप और लकड़ी की कारीगरी के कारखाने। लेकिन पुराने शहर में अब भी कितने ही मुसलिम अपने ख़ानदानी काम कर रहे हैं—नान वाले, कसाई, पेंटर, और पतंग और खिलौने बनाने वाले। दक्षिण भारत वालों ने आकर हमारे दफ़्तरों में जगह ली है। जगह-जगह बन रहे नये मकानों की आड़ में राजस्थानी भी बड़ी सूझबूझ से आकर बसे हैं। और दिल्ली के आसपास के ग्रामीण इलाके में घुमक्कड़ गुज्जर अपने जानवरों को चराते हैं, जबकि गांवों में रहने वाले किसानों की ज़मीनों पर

नये ट्यूबवेल, पम्प और खाद जैसी चीज़ों को प्रयोग करके इस्तेमाल के लिए चुना जाता है।

~

इस शहर में जगार जल्दी होती है। सूरज निकलने से एक घंटे पहले उठकर ही घूमने और कसरत करने जा सकते हैं। जैसे ही सूरज चढ़ता है, लोगों को पंखों के नीचे या नीभ या जामुन की छाया में दुबकना पड़ता है। दिल्ली में सितंबर के महीने में भी गर्मी और उमस रहती है। पुरानी दिल्ली में हमेशा हैज़ा फैलने का अंदेशा रहता है। नयी दिल्ली में लोग कई बार एअर-कंडीशंड सिनेमाघरों और रेस्तरां में ज़्यादा देर बैठे-बैठे भी बीमार पड़ जाते हैं।

सवेरे तड़के हर कोई, बुड्ढे और जवान, बाबू और दुकानदार, टैक्सी ड्राइवर और बूट-पॉलिश वाले जांघिया-बनियान में ही पार्क-मैदान और ऐसी खुली जगह निकल आते हैं। कुछ मैदानों के दौड़कर चक्कर लगाते हैं। कुछ सड़कों पर ही फ़ौजियों की तरह ज़ोर से हाथ हिलाते तेज़-तेज़ चलते हैं। युवा कुश्ती लड़ते हैं, वॉलीबॉल या कबड्डी खेलते हैं। कुछ पालथी मारकर बैठ जाते हैं, तो कुछ सिर के बल खड़े हो जाते हैं। कुछ सूरज की ओर मुंह करके प्रार्थना करते हैं, कुछ किताबें पढ़ते हैं और खुद से ही बुदबुदाया करते हैं, जबकि कुछ भारी काल्पनिक भीड़ के सामने भाषण देते हैं। कुछ नीम की दातून करते हैं, सड़क पर लगे नलों से नहाते हैं, वहीं कपड़े धोते हैं; धोती और साफ़ा बांधकर अपने-अपने काम पर निकल जाते हैं।

दोपहर को सड़कें खाली हो जाती हैं। सूरज चढ़ जाने पर दफ़्तरों में बाबू लोग टांगें मेज़ पर टिका कर झपकी ले लेते हैं, सरकारी कर्मचारी अनगिनत प्यालियां चाय पी डालते हैं, और सरकारी कामकाज और संस्कृति अपने ढर्रे से चलते रहते हैं।

जल्दी ही मैं भी इसी सब का एक हिस्सा बन जाऊंगा।

21

सितंबर की उस गुनगुनी सुबह जब पीपलनगर एक्सप्रेस स्टेशन पहुंची तो सूरज प्लैटफ़ॉर्म पर मौजूद था। मेरा मन हुआ कि मैं डिब्बे की खिड़की से उसे ज़ोर की आवाज़ लगाऊं, और वहीं से बताऊं कि सबकुछ ठीक है, और यह दुनिया बड़ी हसीन है, और यह कि मैं उसे और सारी दुनिया को, और उसमें जो कुछ भी है, उससे मोहब्बत करता हूं।

लेकिन जब तक स्टेशन से निकलकर अपने कमरे में खाट पर बैठकर गर्मागरम चाय नहीं पीने लगे तब तक मैं कुछ भी नहीं कह पाया।

'तीन सौ रुपये महीना है,' मैंने कहा, 'लेकिन अगर हम होशियारी से काम चलाएं तो इससे हमारा काम चल सकता है। और अब तो तुमने मैट्रिक पास कर लिया है, तो तुम अब पॉलीटेक्निक से जुड़ सकते हो। तो अब हम दोनों को अपने-अपने काम से ही फुरसत नहीं मिलेगी। और जब हमें काम से समय मिलेगा तो हमारे पास घूमने-फिरने के लिए पूरी दिल्ली होगी। शहर में ज़िंदगी अच्छी कटेगी। हमें या तो बड़े शहर में रहना चाहिए या गांव में। गांव में सब आपको अच्छी तरह जानते हैं। बड़े शहर में किसी

को आप में ज़रा सी भी दिलचस्पी नहीं होती। लेकिन पीपलनगर जैसी छोटी सी जगह सब आपको जानते हैं, और कोई आपको नहीं चाहता। जब कोई मरता है, तो लोग उसे भुला देते हैं, और जब तक वह ज़िंदा रहता है तब तक लोग उसके बारे में उल्टी-सीधी बातें किया करते हैं। बेचारा पीपलनगर... क्या तुम्हें यहां से जाना बुरा लगेगा, सूरज?'

'हां, मुझे बुरा लगेगा। यही वह जगह है जहां मैं जीया हूं।'

'यह वह जगह है जहां मैं रहा हूं। मैंने जीना तो तब शुरू किया जब मुझे एहसास हुआ कि मैं यहां से जा सकता हूं।'

'जब हम पहाड़ पर गये थे?'

'जब मैं तुमसे मिला था।'

'मैं कैसे कुछ बदल सकता हूं? मैं तो अब भी एक अदद बोझ हूं।'

'तुमने मुझे एहसास कराया कि मैं कौन हूं, क्या हूं।'

'मुझे कुछ भी समझ में नहीं आया।'

'मैं चाहता भी नहीं हूं कि तुम कुछ समझो। उससे तो सारा मज़ा ही किरकिरा हो जाएगा।'

~

हमें जाने से पहले कोई किराया नहीं चुकाना था, क्योंकि सेठ गोविंद राम के मुंशी ने किराया पेशगी ले लिया था, और महीना पूरा होने में अभी पांच दिन बाकी थे; पर इस बात के आसार कम ही थे कि बचे दिनों का किराया वापस मिल सके।

दीप चंद ख़ुश था हमारे जाने से। 'मैं भी जल्दी ही उधर आ जाऊंगा,' उसने कहा। 'दिल्ली में बाल काटकर पैसा कमाना है। वहां तो लड़कियां भी बाल कटवाती हैं। मैं महिलाओं के लिए एक अलग सैलून खोलूंगा, जिसे रामू संभालेगा। औरतें उससे ख़ुश रहती हैं। इतना सलोना सा, मासूम सा जो दिखता है।'

रामू ने शीशे में मुझे आंख मारी। मुझे तो उससे ज़्यादा मासूम कोई

और नज़र ही नहीं आता। स्कूल-कॉलेज जाने वाली लड़कियां अब भी शिकायत करती हैं कि वह उन्हें परेशान करता था, और अपने उस्तरे से उनकी चोटियां उड़ा देने की धमकी देता था।

दीप चंद की कैंची के चलने की ताल ने थपकियों का काम किया और उसकी कुर्सी में बैठे-बैठे मेरी आंख लग गयी। मेरे सिर पर उसकी थिरकती उंगलियों ने बड़ा मज़ा दिया, और उसके उस्तरे ने मेरे गालों को ख़ूब दुलारा। यह पीपलनगर में मेरी आख़िरी हजामत थी, इसलिए दीप चंद ने मुझसे पैसे नहीं लिए। मैंने उससे वादा किया कि मैं उसे चिट्ठी लिखूंगा।

~

कमला कुछ दिनों के लिए घर गयी हुई है। उसका गांव पीपलनगर से करीब पांच मील दूर पीतांबर के घर से उलटी दिशा में, सरसों और गेहूं के खेतों के बीच था। और इन खेतों की ढलान ख़त्म होती थी एक छोटी सी पहाड़ी नदी के किनारे। मैंने पीपलनगर से ही इस धारा का किनारा पकड़ा और आ पहुंचा कमला के घर के पास वाले खेतों तक।

मैं गांव के बाहर खड़े कुछ पेड़ों की आड़ में इंतज़ार करता रहा। तभी वह मुझे एक छोटे से लड़के के साथ खेलती दिखाई दी। मैंने सीटी मारी और पेड़ों के पीछे से निकल सामने आ गया, लेकिन जैसे ही उसने मुझे देखा, उसने छुपे रहने का इशारा किया और बच्चे को लेकर एक कच्ची मड़ैया में घुस गयी।

मैं कुछ दूर से उसके क़दमों की आहट आने तक साल के पेड़ों के नीचे इंतज़ार करता रहा।

'कहां हो तुम?' मैंने आवाज़ दी, लेकिन कोई जवाब नहीं आया। जिधर से क़दमों की आहट आ रही थी, मैं उधर ही चल दिया। थोड़ा सा चलते ही एक पेड़ के बीच से जाता एक कच्चा रास्ता दिखाई दिया। थोड़ा सा आगे, यह रास्ता फिर उसी धारा पर जा मिला, और वहीं कमला भी इंतज़ार करती मिल गयी।

'तुमने मेरा इंतज़ार क्यों नहीं किया?' मैंने कहा।

'मैं देखना चाहती थी कि तुम मेरा पीछा कर पाओगे या नहीं?'

'अरे, इस काम में तो मैं माहिर हूं,' मैंने कहा, और धारा के किनारे उसके बगल में बैठ गया। कुल घुटने तक पानी था, लेकिन था ठंडा और बिलकुल साफ़।

कुछ देर में मैंने जूते उतारे, पतलून को घुटनों तक मोड़ा और पानी में पैर डाल दिये। कमला नंगे पैर थी, इसलिए उसे पानी में पैर डालने से पहले सिर्फ़ अपनी साड़ी को थोड़ा समेटना था।

पानी में पैर डालकर मैंने तलछट को हिलाकर हलचल पैदा कर दी। जब नीचे की रेती फिर बैठी, तो पानी में उसका चेहरा झलकने लगा। मैंने नज़रें उठाकर उसकी ओर, उसकी गहरी आंखों में देखा। मेरे मन में आया कि मैं उसका ध्यान रखूं, उसको सारी मुसीबतों से बचाकर रखूं। मैं उसे पीपलनगर से कहीं दूर ले जाना चाहता था। मैं चाहता था कि मैं भी आम लोगों की तरह रहूं। ज़ाहिर है, उस वक़्त मैं अपनी ख़राब माली हालत के बारे में सब कुछ भूल गया था।

मैंने पहले उसकी उंगलियों के सिरों को चूमा, फिर उसकी गर्दन को। उसने अपनी उंगलियां मेरे बालों में फिरायीं। तभी तड़-तड़ करती मोटी-मोटी बूंदे बरसने लगीं, और कमला बोली, 'चलो चलें यहां से।'

हम चल पड़े। बारिश ने भी ज़ोर पकड़ लिया। कमला ने अपना हाथ छुड़ाया और बारिश से बचने के लिए हम दौड़कर पेड़ों के नीचे जा पहुंचे। उसकी सांसें ज़ोर-ज़ोर से चल रही थीं। मैंने उसे एक बार और चूम लिया। कमला के बाल बिखर गये। जगह-जगह भर गये पानी पर कुलांचे मारते हुए, और कीचड़ से बचते हम चलते गये। और फिर मुझे ऐसा लगा जैसे वह रो रही हो, लेकिन मुझे ठीक से समझ में नहीं आया, क्योंकि उसके गालों पर वह बारिश की बूंदें भी हो सकती थीं।

'चलो, मेरे साथ चलो,' मैंने कहा। 'चलो, पीपलनगर को छोड़ कहीं दूर चलें।'

वह मुस्करायी।

'क्या परेशानी है चलने में?'

'क्योंकि तुम दिल से नहीं चाहते कि मैं तुम्हारे साथ चल दूं। तुम्हारे लिए औरत सिर्फ़ एक बोझ होगी। तुम ठहरे आज़ाद पंछी, तुम और सूरज...तुम जहां चाहो जा सकते हो, जो चाहो कर सकते हो। और औरत मर्द के किस काम की अगर वह उसके साथ कंधे से कंधा मिलाकर न चल सके? पीपलनगर में बिताये दिनों में मैं तुम्हारा साथ दे सकी, इस बात की ख़ुशी है। लेकिन मेरी यही जगह है। न पीपलनगर बदल सकता है और न मैं। लेकिन तुम बदल सकते हो, वह भी बस इस जगह को पीछे छोड़ यहां से आगे निकल कर...'

'जब मैं दिल्ली में अच्छे पैसे कमाने लगूंगा, तब तुम आ जाओगी मेरे पास?'

'बड़ी सीधी बात है, मैं शादीशुदा हूं...'

'इतनी सीधी बात है, तब तो तुम आ सकती हो।'

'तुम्हें पता है न कि मुझे अपने माता-पिता के बारे में भी सोचना पड़ता है। अगर मैं भाग गयी तो वह कहीं के नहीं रहेंगे।'

'लेकिन उनकी वजह से तुम्हारा दिल टूटता तो उन्हें कोई फ़र्क पड़ता?'

उसने कंधे उचकाये, और मुंह फेर कर गांव की ओर देखने लगी। 'मैं इतनी भी दुःखी नहीं हूं। मेरा पति ठहरा पक्का मूरख, उसे तंग करने में मुझे मज़ा आता है। वह एक दिन मर जाएगा, और सेठ भी एक दिन मर जाएगा, और तब मैं आज़ाद हो जाऊंगी।'

'सचमुच?'

'बिलकुल। और तुम तो जब चाहो मेरे पास आ सकते हो, इससे किसी को कोई तकलीफ़ नहीं होगी।'

यह बात मुझे अच्छी नहीं लगी, लेकिन मैं अपनी खीज किसी पर निकाल भी नहीं सकता था।

'जिसने तुम्हारा दिल चुराया है, वह मैं नहीं, सूरज है,' वह बोली।

उसने मेरे गाल पर हौले से हाथ फेरा और अपनी छोटी सी कुटिया की ओर दौड़ गयी। एक बार पलटकर हाथ हिलाया, और ग़ायब हो गयी।

22

हर सुबह छह बजे पहली बस आती है, और जब उससे सवारियां उतरती हैं, तो उनके चेहरे बेतरबीब से होते हैं, और हमारे मोहल्ले को देखकर वह और मायूस हो जाते हैं। जब वह अपने-अपने रास्ते चले जाते हैं, बस को टीन के शेड में खड़ा कर दिया जाता है, और सड़क नगरपालिका की गाड़ी के लिए खाली कर दी जाती है। कूड़ाघर में गायें आकर इकट्ठी हो जाती हैं, और फुटपाथ पर रहने वाले हरकत में आ जाते हैं—पथरीली ज़मीन पर बैठे-बैठे ही अंगड़ाइयां लेते हैं। मैं बाल्टी में पानी भरकर कमरे में ले जाता हूं और आख़िरी बार खुले छज्जे में नहाने लगता हूं। टीन के संदूकों में हमारा सामान तैयार है, और सूरज की ट्रे खाली है।

पीतांबर के गांव में भैंसें काई से पटे तालाब में घुस जाती हैं, और नंग-धड़ंग लड़के उनकी पीठ पर सवार, उनकी पीठ रगड़ते हैं, और एक भैंस की चमचमाती काली गर्दन पर बगुला सवार होता है, तो दूसरे के कौवा। तोते उस ऐंठे हुए पेड़ में अपने आप में व्यस्त रहते हैं, और एक पतला सा गहरा सांप ईंट भट्टों के पास वाले हमारे टापू पर धूप सेंकता मिलता है। पहाड़ों में धुंध छंट गयी है, और दूर के पहाड़ बर्फ़ से ढके दिखाई देते हैं।

बरसात का मौसम बीत चुका है, और सर्दी को दस्तक देने में बस कुछ समय बचा है। दुनिया बनाने वाले ने एक बार में लंबा हाथ मारा है और धरती और आकाश को मिला दिया है।

~

एक दूसरे से ऊपर सिर उठाने की होड़ करते पहाड़ों का संसार। सीढ़ीनुमा खेतों को कंधे पर उठाए पहाड़, जंगलों से पटे पहाड़ और तेज़ हवा की मार सहते पहाड़। जहां दैवीय शक्तियां तनहा दिल से हौले-हौले बातें करती हैं, ऐसे पहाड़। हरियाली और भूरे पत्थरों वाले पहाड़, जहां सुबह कोहरा और दिन में धुंध रहती है, और सांझ को सूरज की किरणों का सुनहरा पानी चढ़ जाता है। जहां से ताज़े पानी के ख़ौफ़नाक बहाव वाली धाराएं नीचे वादियों की ओर बहती हैं।

शांत वादियां जहां खेत हैं, पुराने पेड़ों और ताड़ के झुरमुटों से घिरे ताल हैं, और जहां मंदिर पवित्र नदियों को छूते हैं, वह नदियां जो आगे उन मंदिरों तक जाती हैं जिन्हें दक्षिण में समुद्र की लहरें चूमती हैं।

यह सचमुच की धरती है, कोरी कल्पना नहीं, जिसके बारे में मुझे लिखना चाहिए। मेरा मोहल्ला क्या है, एक ऐसी बीमारी से ज़्यादा नहीं जो लगातार जकड़ती जाती है। मुझे इससे दूर होकर आने वाले कल की शान में कुछ लिखना चाहिए। लेकिन मैं क्या करूं—बीता हुआ कल ही भला लगता है। वो और होंगे...जो आने वाले कल के मधुर गीत...मुझसे भी मीठे गीत गाने वाले। मैं तो सिर्फ़ आज की दास्तां बयां कर सकता हूं, पीपलनगर की दास्तां, जहां मैं जीया हूं, प्यार किया है।

कल मैं दुःखी था। हो सकता है आने वाले कल में भी मैं ख़ुश न रहूं, लेकिन मुझे पता है कि मैं आज ख़ुश हूं। मैं चाहता हूं मैं जीता रहूं, जीता ही रहूं। इस संसार में जो कुछ ऐसा है जिसे देखा, भोगा और जीया जा सकता है, मैं उसी में ख़ुश हूं। भले ही इस बात पर मुझे काफ़िर करार दिया जाये, लेकिन मुझे पता है, यह ज़िंदगी है, कितनी भी लंबी हो, इससे मेरा दिल कभी नहीं भरेगा।

❑ ❑ ❑